李安娜　◆　著

邂逅詩歌

自序

　　兩年前出版的這本書，因嫌其單薄擬作改版修訂，增添瘟疫期間宅家胡謅的百首新詩和古詩詞。依然保留原來的序文，係因科班出身的老同學蔡一鵬文筆很了得。雖不敢接受筆者的謬贊，但依然很感動。與其說感激對方的欣賞，倒不如說更感念其為人之真誠。平平無奇的一本詩集能沾上狀元的文采，是在下的榮幸。還應感謝另一位老同學，因其鼓勵「水到渠成」令余沒有半途放棄。

2021年5月5日

序

蔡一朋

　　迄今為止，安娜對我來說仍是一個「熟悉的陌生人」。

　　她是我在泉州第一中學同年級的同學。從入學的第一天起，她就給人們留下很深的印象。在同學們的心目中，她清純、優雅，待人謙和而略帶矜持；老師則一致認為她是個品學兼優的好學生；而在家長們的口中，她就是那個「別人家的孩子」。在她身上匯聚了多少仰慕的目光。然而，六十年代內地的中學生嚴守「男女授受不親」的古訓，大家在同一個食堂用餐，在同一片操場奔跑，在同一棟教學樓上課，但男女同學之間，除了學習上的問難解疑，很少有機會進行思想交流，更談不上有親密的接觸。借用《西廂記》的一句曲詞來說吧，真可謂「隔花蔭，人遠天涯近」。

　　轉眼到了1969年，文革的高潮過後，曾經在政治舞臺上叱吒風雲的造反派戰士終於結束了他們的激情歲月。巨人大手一揮，全國兩千萬老三屆知青被送到廣闊天地去繼續革命。泉州一中的同學們來不及說一聲「再見」便各奔東西，走上互不相同的人生旅途。我和安娜重新取得聯繫，已是半個世紀以後的事了。是互聯網將兩個五十年不曾謀面的陌生人變成可以傾心交談的朋友。

　　今年春天，安娜將她近些年出版的長篇小說和短篇小說集寄送與我。我一口氣讀完了所有篇章，深深地為她的文學才華

所折服，就像當年在《中學生作文選》上讀到她的文章一樣。令我驚詫的是，經歷了半世紀的人世滄桑，我的老同學依然保持著青春活力和積極進取的精神，在退休後的短短數年內，創造這麼多的文學精品。我很想知道，是什麼原因促使她作出這樣的選擇？安娜說：我只想把我們這一代人的故事講給年輕人聽，讓他們知道，我們這個民族經歷了什麼樣的苦難。我以為，她已經通過辛勤的勞作，實現了自己的人生價值。

然而安娜的創作還在繼續。她的詩歌自選集——《邂逅詩歌》又送到我的案前。她要用詩歌的形式講述沒有講完的故事。

翻開這部詩集，我彷彿又回到那個刻骨銘心的年代。我們這班老知青中的文學追夢者，在接受基礎教育的那段時間，「五四」新文化運動的遺風猶存，民主與科學的文化啟蒙對我們這代人產生了深刻影響。我們曾經如飢似渴地閱讀從域外舶來的文學經典，一大群天才詩人在我們跟前排成長長的隊列：普希金、萊蒙託夫、雪萊、拜倫、葉芝、裴多菲……當然也包括曾經為蘇維埃政權唱過贊歌的馬雅可夫斯基。我相信安娜在她下鄉插隊期間，一定和許許多多的知青一樣，在他鄉異地的水稻田裏，在揮汗如雨的勞動之餘，用低沉的聲調，朗誦普希金的名作《假如生活欺騙了你》。正是這樣的詩篇，點燃了我們對生活的希望，陪伴我們度過那些艱難的日子，以至於在許多年以後，還能聽到那個時代的回音。安娜在《春節感懷詩篇》中這樣寫道：普希金說／假如生活欺騙了你／不要悲傷／不要生氣／煩惱時要保持冷靜／快樂的日子會來臨……／遠方

的朋友／感謝你的支持／但願互相鼓勵／直到終極。

讀安娜的詩，你時時會感受到一種情感的劇烈撞擊。她用詩訴說對親人的思念，對友人的牽掛，對這個悲慘世界的憐憫，以及對大自然遭受無情掠奪的痛惜；她甚至帶著自己的詩篇，站立在布達拉宮的臺階上，與六世達賴喇嘛──那個多情的活佛倉央嘉措展開心靈的對話：飛越千山萬水追尋你的蹤跡／你默然無語／仰望瑪布日山上的古老宮殿／只有風在淺唱低吟／那一天／我閉目在經殿的香霧中／驀然聽見你誦經的真言／那一月／我搖動所有的經筒／不為超度／只為觸摸你的指尖／那一年／磕長頭匍匐在山路／不為覲見／只為貼著你的溫暖／那一世／轉山轉水轉佛塔／不為修來世／只為途中與你相見

這樣的詩，往往令人怦然心動。

安娜的詩，表現出富有個性的審美追求。在這部詩集中，你看不到現代詩人經常運用的斷崖式的敘述，找不到紛繁復沓的意象疊加，更沒有「以艱深文淺陋」的毛病；不像某些新生代詩人，刻意去顛覆日常語言的語法規則，讀他們的那些詩就像遇上北京的霧霾，讓你在昏暗中把握不住方向。她的詩，純淨、淡雅，如同她少女時代的模樣，任何人從她身旁走過，都忍不住要回過頭去多看一眼。

還是在念中學的時候，我的老同學在古典文學方面就打下了紮實的基礎，所以在後來的詩歌創作中，便能自覺地向古典詩詞去吸取營養。她將古代詩歌的韻律、節奏融入白話詩的創作，從而使她的詩歌形成了富有音樂美的特點。或許你會認為，她的某些作品寫得過於平直，缺少深長的意味。但是你不

可能沒有發現，她的所有詩歌都像是音調諧美的「新樂府」，如若配上樂曲來吟誦，你就會情不自禁隨著詩的韻律節拍，手之舞之足之蹈之。安娜的詩是經得起反覆吟誦的。

　　我期盼詩人創造出更多的佳作，與老同學分享。

2019年8月31日

目次

第二部　古詩詞

第一部　新詩

開場白

愛情往往不期而遇

邂逅詩歌同樣偶然

許多時候

生活叫人沒法選擇

只是我不甘沉默

哪怕對花草訴說

或許有人嘲諷

兩袖清風者

一個傻婆婆

無非自彈自唱

閒來作樂

懶理別人怎麼說

喜愛郊外散步

藍芽塞耳，扶杖山頭

素履之往，獨行願爾

2021年4月24日

郵票

打開塵封的集郵冊
百般滋味湧上心頭
歲月無情地流逝
遺下淡淡的失落
小小紙片
越過大洋飄過山巔
承載著憂傷和喜樂
那時多麼年輕
即便一無所有
滿滿的勇氣
去開拓人生視野
哪怕齒輪般運作
思想已然放飛
天馬行空
雪片帶來你的關懷
送去我的問候
縱然隔著千山萬水
天涯海角有你有我

2020年6月7日

不可語

擁一席之地吃喝拉撒睡

波瀾不驚，未曾懷疑

頭上飛過的星星

奶奶鼓勵鍛鍊身體

有朝一日，試試跳上去

看看外面廣袤的世界

大哥鬥志昂揚躍上拱頂

向西眺望，天啊

怎能渴死在浩瀚大漠

旋即撲通跳回水底

老二鼓起雙眼面朝東海

目瞪口呆，驚濤駭浪

隨時就要打過來

蜷縮身軀勇氣不再

三妹不肯服輸眾兄弟

視線所及北部山地

唉，俺苗條淑女

如何逾越懸崖峭壁

老幺拍拍胸脯

展示飛簷走壁功力

他飛了出去，足下是

南方石屎森林區

地攤上爐火正旺
但願不要落入鍋裡

2020年6月12日

正能量

早餐讓我充滿氣力
麵包、雞蛋、酪梨
再來杯香濃咖啡
美好一天始於此
電路分兩極
體能需要卡路里
能量為何劃正負
是科學的探究
還是抹煞真理追求
沒有標準，任人扭曲
美少女縱身躍下
抗拒不容獨立思考
紅色叉叉，狠狠的一巴
有如巨石碾碎初生萌芽
閃光的生命傾刻殞落
那些失去靈魂的家長
尚沾沾自喜
點贊這所謂的正能量

2020 年 6 月 15 日

羨慕桃花源・贈友人

結廬一隅，採菊東籬
君陶醉晨昏一派寫意
試問誰人能及
吾等棲身蝸居
惟有夕陽下踱步
增強免疫力
塞上耳機，音樂響起
木心在歐羅巴遊歷
格林威治天文台
子午線上，腳踏東西
法國兒童販毒養家
西班牙酒店一套房
日三千五百刀，泊車免費
余忽然惆悵不已
思忖囊中羞澀
幹嘛懷念詩和遠方
幾時湊足銅板
禁足令解除
立馬衝出去
徜徉那一片廣袤天地

2020 年 7 月 3 日

鄉思餘韻

道過珍重，你目送
我的背影漸行漸遠
沒有一瞬永別的嘆息
或只是些微迷惘
轉身再會，竟然
逾越半個世紀
忽濃忽淡，悲喜交替
怎樣追憶之前的足跡
十而五志於學
今日隨心所欲
狂飲吧，亦或苦笑
勝過千言萬語
不用哽咽，不必唏噓
人生不過一場戲
牡丹亭，西廂記
才子佳人再度相聚
紫雲雙塔
日往月來的美麗
見證夕陽下
一代人的鎩羽折翼

2020年7月8日

陶瓷隨想

願得，陶一般的情人
願有，瓷一般的友人
木心巧妙地作比喻
黏土燒製的陶器
洗盡鉛華些微俗氣
農事家事憑之維繫
醃製鹹菜豆豉
略嫌粗糙無可代替
偶有精品紫砂茶具
磕磕碰碰扶持相依
光滑潤澤的細瓷
石英造就彩釉修飾
晶瑩潔白亮人眼目
把玩鑒賞隨爾心意
摯友到訪，談天說地
上杯龍井，清香撲鼻
掏心掏肺驅散抑郁
君子之交淡如水
茶不醉人人自醉
陶乃剛需瓷尤矜貴
生活與友誼不可缺一

2020年7月17日

徜徉多瑙河

一曲多瑙河之波魂魄出竅

腳底隨引擎升高

追逐那個午夜

腕錶轉動十一個圈

赫爾辛基旭日高照

換機，睡覺

忽聞耳語

珍惜當下每一分秒

呵，窗外雲姑娘

羞人答答撩起面紗

聖士提反教堂

塔尖直指雲霄

藍色水面上

銀光閃鑠魚兒跳

伊麗莎白橋

風流自在，百般嬌俏

左手挽布達右手牽佩斯

遊船穿梭，人流如潮

十三世紀的漁夫堡

沉溺在多瑙河懷抱

引東方客人也來秀風騷

2020年7月18日

斯普利特（Split）

地中海畔有座老城

建於公元三世紀

退位的羅馬皇帝

耗時十載，動用兩千奴隸

戴克理先皇宮

佔地逾三萬平方米

四道城門金銀銅鐵

棋盤格般的街區

滑溜蹭亮的石板地

旅人進入迷宮恍恍惚惚

瞠目結舌，嘖嘖稱奇

拜占庭統治過

中世紀威尼斯接手

之後乃奧匈帝國

年代不斷變遷

古蹟屹立一千七百年

今天發展成為

工業大城，重要港口

吸引全世界遊客

渡輪遊艇來往穿梭

路人相爭撫摸，十世紀

教皇寧斯基的大腳趾

歷史的痕跡令人敬畏

偉哉，斯普利特！

2020年7月22日

雄獅紀念碑

琉森公園崖壁有孔石窟

匍匐著一頭垂死的獅子

身邊滿布長矛盾牌

斷箭深深嵌入背脊

力拔山河，奮勇戰鬥

寡不敵眾，黯然受戮

草原之王泣不成聲

神情悲傷極度痛苦

觀者無不感同身受

石窟上鐫刻銘文

獻給忠勇的瑞士

1792年8月10日

法國大革命時期

雄獅式的瑞士僱傭兵

為保護路易十六暨瑪麗皇后

七百八十六人壯烈犧牲

群體陣亡，章顯了

忠誠的義無反顧

從此，他們的國家

遠離戰爭堅守中立

留給世人這座悲壯的雕塑

2020年7月23日

柏林圍牆

色彩繽紛的蜿蜒長壁

承載著歷史記憶

巡視綿延畫作

笑看塗鴉惡作劇

死亡地帶一百米

令人膽寒心生恐懼

決策者可謂心狠手辣

置人於死地始於一九六一

利刃出鞘如臨大敵

鐵絲網帶刺，瞭望塔林立

千方百計費盡心機

阻止東邊居民逃向西隅

多少人拒絕妥協不願當奴隸

寧冒槍林彈雨狂奔而去

背後的槍口

不偏不倚力求中的

絕對服從，身不由己？

難道沒有將槍口

抬高一寸的權利

豈曰無衣，與子同澤

王於興師，修我矛戟

尊重生命

乃放諸四海而皆準的真理

何況同胞兄弟

聽誰在撫牆啜泣
追悼尋求自由的亡魂
願他們在九泉下安息

2020年7月25日

布拉格‧查理士橋

千塔之城布拉格

面向伏爾塔瓦河

查理士橋始建十四世紀

跨越兩岸，連繫舊城與城堡

貫穿東西歐貿易通道

長516米寬10米橋拱16個

橋面30座雕塑俱巴洛克風格

佇立於公元1700年前後

塑像精雕細鏤，仿佛將

過往的光榮歷史細聲訴說

橋下河水滾滾而過

橋上藝人落力演奏

玻璃杯敲擊出美妙旋律

音樂家仿佛著了魔

商販推銷傳統木偶

畫家將寫生素描兜售

聖約翰十字架上的五顆星星

被一再觸摸

凡人渴望聖賢護佑，知否

國王將這位大主教沉下河

橋塔依傍老城一側

沿途博物館、教堂、客舍

哥德式建築古香古色

夜幕下燈光閃爍

胡斯廣場上喝多了，舉杯
祝福人世間充滿歡樂，抹去
生命不能承受之輕的憂愁

2020年7月26日

華沙古城浴火重生

七百年前西斯拉夫人后裔

居住歐陸平原疆域

易攻難守，四鄰皆為強敵

不斷被瓜分，一再改版圖

13世紀亡於蒙古人西徵

14世紀龜縮東歐

分分合合，與立陶宛結盟

聯邦二百餘年經歷頂峰時期

18世紀末為奧德俄聯手所滅

19世紀初拿破崙崛起

華沙公國死而復甦

然戰後再次被解體

吞併者奧地利

20世紀初一戰結束

亡國百年的波蘭奇蹟般復僻

保留原有文化、語言、服裝、文字

二戰蘇德入侵各占江山半壁

人民不屈不撓密謀反擊

希特勒下令將之從地球上抹去

八十年代末蘇聯崩潰

災難深重的共和國，率先

推翻舊制度，發展民主政體

被摧毀的華沙古城恢復原貌

一磚一瓦遵循原跡

破格成為世界文化遺產

在地球上重新屹立

2020 年 7 月 29 日

捷斯基古姆洛夫

尼采曰，當我想

以一個詞表達音樂

我找到維也納，而我想

用一個詞表達神秘

我只想到布拉格

金色城市無與倫比

有座小鎮令人由衷嘆息

捷斯基古姆洛夫建於公元1250年

經歷五個和平世紀

建築風貌一成不易

哥德、文藝復興、巴洛克

青山綠樹紅瓦白堤

伏爾塔瓦河水環繞相依

老房子窄巷兩旁佇立

風格獨特色彩各異

穿街過巷四處晃悠

身著古裝男男女女

載歌載舞巡遊嬉戲

正尷尬穿牛仔褲不合時宜

導遊猛揮旗幟亮起嗓子

抹抹眼鏡定定神

方記起翱翔九千公里

並非穿越時空進入中世紀

2020年7月29日

德累斯頓（Dresden）

錫克森王國舊都

易北河畔的翡冷翠

集文化藝術輝煌建築於一身

茨溫格宮、御花園

聖母教堂、國家歌劇院

巴洛克建築赫赫名聲

二戰結束前夕

世界即將重見光明

協約國的最後一擊

似是誤判決定

天空晴朗，城市一片安祥

未聞見防空警報和探照燈

劇場影院照常營業，夜空中

音樂迴蕩歌舞昇平

盟軍將三千七百噸炸彈燃燒彈

往下扔

高樓夷為平地，城市變成廢墟

從天堂到煉獄，史詩般的悲劇

平民死傷無數備受爭議

戰後幾十年重建努力

一磚一瓦於舊址上涅槃重生

依然美不勝收令人衷心贊譽

2020年7月29日

古城杜邦力（Dubrovnik）

克羅地亞再次向我招手

除卻斯普利特，中世紀杜邦力

唯一能與威尼斯匹敵

被譽為亞德里亞海之珠

告別扎格勒布，玩賞楓林碧湖

途中波斯尼亞殺出

將人家國土隔開

出境再進入

尋找昔日自由城邦

13世紀擁有整套法典

引進醫療服務、老人收容所

傳染病隔離，14世紀

開設孤兒院，廢除奴隸貿易

修建20公里長供水系統設施

大地震大火災劫難頻仍

二戰被肢解歸入軸心國

南斯拉夫人民軍圍困炮擊

亦未能摧毀其銅牆鐵壁

老城如扇貝向大海伸展

周長兩公里，牆壁幾米厚

擁有城堡、炮樓、護城河

艷艷烈日當頭

花一整天時間遊走

最高處打卡，環繞一周
這人世間的風景獨一無二

2020年8月2日

黑山高塔爾（Kotor）

上世紀末戰事逐漸遠去
巴爾幹半島得以休養生息
神秘面紗一層層揭起
那些古樸典雅的文化遺跡
閃耀著動人光輝，滄海遺珠
頓成歐洲大陸珍貴的寶玉
黑山屹立亞得里亞海東岸
二戰後加盟南斯拉夫
2006年公投獨立
尋訪五世紀前的高塔爾
城堡圍牆圈起
護城河水流過
左穿右插廣場、博物館、大鐘樓
狹窄橫街小巷
老貓與咖啡座
儼然是個中世紀村落
山寨門口買路費八歐元
山路奇陡
矮矮的護牆嚴重損毀
二英尺寬碎石路滑溜難走
錢啊，人間的主宰！
惟驢友在意鏡頭下的良辰美景
方不虧這番攀爬騰挪

2020年8月2日

悲情城市薩拉熱窩（Sarajevo）

波黑首都薩拉熱窩

小小地域多元種族

歲月悠長如一匹布

歷盡滄桑由盛而衰

理順需重溫中世紀歐洲史

上世紀九十年代，電視台

天天報導戰地節目

三百八十萬人口

二十萬死亡

二百萬流離失所

戰火蹂躪下的悲情城市

每二十人就有一個死去

時移世易，旅人雲集於此

目睹千瘡百孔斷垣殘壁

屋前屋後成片墓地

怎能不目瞪口呆觸目驚心

小石橋為界蹊徑分明

西岸克族人天主堂高聳

東岸穆斯林喧禮塔爭鋒

原本相安無事

無賴火藥桶塞族，記否

拉丁橋引起一戰的史實

惟願銘記歷史教訓
遠離戰禍勿蹈覆轍

2020年8月2日

波蘭孕育優秀兒女

三番五次亡國，無盡地戰鬥
平原之地歷史漫長曲折
頗具古典歐洲騎士風格
哥白尼出生波蘭王國，赴意大利
攻醫學、讀數學、修法律
肩負神父職責，研究天文地理
1514年提出日心說
去世前完成天體運行論著作
十九世紀末，巴黎大學教授
居里夫人二度獲獎諾貝爾
一戰期間投身戰地醫療服務
用X光巡迴車挽救中彈垂危者
窮困卻淡薄金錢拒申專利
向人類奉獻出全部研究成果
神童蕭邦八歲初露頭角
少年的作品令大師們讚賞俯首
鋼琴詩人英年早逝
軀體埋葬巴黎，心臟封存
華沙聖十字教堂柱內
*你的財寶在那裏，
你的心也在那裏*
浪漫的音符穿越時空頂摩蒼穹

靈魂皈依波蘭
才華氣吞山河

#注：馬太福音六章21節#

2020年8月14日

千言萬語成嘆息

踏上這片廣袤的土地
往事翩翩浮起百感交集
當年乳臭未乾的少女
上第一堂外語，竭盡氣力
試圖讓舌頭彈起
六年的功力，終於會寫書信
亦能湊合幾支俄羅斯歌曲
卡秋莎、紅梅花開
幾度無眠頻問空氣
哪一個最勇敢可愛
親愛的山楂樹啊
你始終沒有告訴我
今天來了，西伯利亞書友
去哪裏尋覓？也許我
早已在你的記憶中抹去
你贈予的照片
那年被抄家的紅衛兵焚毀
但我怎能忘記
君親手所書
你+我=友誼

2020年8月14日

贈孩子二首

（一）木犀吟

仲秋月光清若水

岩桂枝頭冷如玉

片片翠葉襯底

團成秋雲綠

托住黃金十字花蕊

幽幽淡香，沁人心脾

嫦娥紗袖籠冰輪

群星躲閃頓失光澤

讓位予你獨佔鰲頭

溫文爾雅的丹桂

不奢求陽光撫慰

不嫉妒牡丹玫瑰

默默承受風雨洗禮

讓潛能在歲月中積累

十載寒窗，蟾宮折桂

負笈擔簦，璀璨旖旎

在另一重天地

（二）自由的鷹

夜深蟬聲無覓處

一牆桂花曬月光

未有楊柳春色的得意

戒除驕陽似火之輕狂

落紅飄零不足憂傷

寒霜飛雪處之泰然

縱然不捨別離

遠行亦或艱難

無需畏懼，雖遙距千里

親人與你同在

寧為小鳥不為蝸牛

鍛打成錘勿做鐵釘

被束縛於寸土

耳聞目睹盡是悲涼

願你是一隻自由的鷹

展翅高飛，藍天翱翔

快樂健康成長

2020年9月28日

茅台與紅酒

貧窮限制我的想像

無法理解富人的品味

十幾萬元一支茅台

生津止渴還是期望添壽

予溺水之人淺嘗一口

或折價捐款與貧病者

救人一命勝造七級浮屠

川普大廈連遭三次雷擊

將信將疑不解天意

誰當總統即將分曉

國民的撕裂才是問題

缺乏政治智慧影響判斷力

波蘭詩人扎加耶夫斯基寓

嘗試贊美這殘缺的世界

惜買不起昂貴茅台

開一支平價葡萄酒

且飲且唱哼哼唧唧

確實應當贊美這殘缺的世界

瞧，那些消失了的美好時光

朦朦朧朧在夢中重返

2020 年 10 月 30 日

碎碎念二首

（一）鏡中影像

前面何者

額頭三道軌

髮根似稻田中茬兒

雜亂稀疏色澤銀灰

不擅修飾的老嫗

適才還沾沾自得

暗喜年輕過兩大頭

沒錯，川普年過七十四

拜登將近八十

擂台上乍乍乎乎

誰也不肯服輸

（二）心中築牆

藍色黃色

絲帶不再別胸前

各自將理念深藏心間

不是說好了

君子和而不同

為何勢成水火

東方之珠因之黯然失色

病毒張牙舞爪

疫情肆虐一波接一波
當人心被仇恨撕裂
美麗家園
蛻變成殘缺的世界

2020年10月31日

偶拾

季秋金風吹拂，枯黃滿地

默默撿起，渴望讀你

春雨滋潤下的嫩枝

亦曾蔥翠欲滴

紅花若無綠葉陪襯

如何談的上美麗

生命本無意義

僅需做回自己

既然上帝賦予使命

無怨無悔碾落成泥

揀一枚半黃半綠的梧桐葉

俯視上面點點斑駁

被風雨醺染得恰到好處

欣然提起墨水筆

塗上幾行字

令這一葉扁舟隨溪水漂流

挑幾片木犀葉子

煮於小蘇打水中

留下全幅傲慢的脈絡

宣示草木一秋的厚重

陪我度過漫漫寒冬

2020年11月8日

踏秋遐想

郊野蹊徑上

漫山遍野，秋林在望

樹梢頂上五彩斑斕

腳邊深綠色草木

顏色變淺，漸漸枯黃

風中翻卷的落葉

蛻變出隻隻彩蝶

飛舞盤旋，不肯墜落

是不捨滋養它的母樹

還是不甘從今往後的寂寞

遠方升起一團火

楓樹縫隙似有個凸透鏡

疑惑太陽點亮了燭光

天邊紅透，觸碰我

早成灰燼的心火

平淡或輝煌

人生一世，草木一秋

何須無病呻吟壓抑執著

2020年11月8日

驀然回首

朋友圈悄悄窺探

他們的照片羨煞旁人

這位家在青山綠水間

粉牆黑瓦徽式宅院

剪草澆花

守護一畝三分田

仿效秋翁培植東籬

期待演一齣遇仙記

那位不時驅車進山區

挖竹筍蒸煮烘焙

摘燈籠柿、拾柴野炊

布裙荊釵

演繹李子柒的奢華

山雞菇菌的鮮味

令人饞涎欲垂

頻頻嚥口水，倏然驚醒

我的田園在哪裡？

偶爾夢見故居滿掛蛛網

鳥雀在破牆上做窩

找不到家園的遊子

憑什麼油嘴滑舌

附和文人墨客訴說鄉愁

2020年11月12日

雲語呢喃

心中曾經一片浮雲滌蕩

沒有目標

一心向往藍天徜徉

不在意哪裡是落腳地方

無奈風雨交加

眼看美好年華

虛耗於電擊雷鳴

不被撕裂已然僬倖

兜兜轉轉，奔走天涯

尋找他鄉作故鄉

流浪人本想

落地生根一勞永逸

豈知搞錯了方向

人有旦夕禍福

雲要繼續飄流

遠去火星

迢遙銀河偌大宇宙

絕對容納下所有漂泊者

只要依然快樂何須不捨

繼續努力朝前走，也許

美好家園在前方招手

2020年11月13日

風箏

小時候沒有玩具，一根絨線繩
打出多少花樣
紡錘、洋傘、墨魚、花籃
姑娘們的巧手天下無雙
小時候沒搭過飛機，一隻紙鷂
帶著無邪童真扶搖向上
狠狠與地心較量
雲彩無奈地陪孩子奔忙
一生能升多高
一世能過多長
半個世紀前有人登陸月球
今天馬斯克正在徵服火星
太空競賽開啓
外太空各天體
將成為人類殖民地
彼處是否一片淨土
良田萬頃花團錦簇
移民需要什麼手續
雖然我看不到
子孫定有福氣
讓老祖宗替他們想一想
要不要註冊身份登記
佔領者可以享受哪些福利

2020年11月15日

色調

假如只有黑、灰、白
世界將多麼無趣
添加紅、黃、藍三原色
地球瞬間大放異彩
小小漁村仿如翡冷翠
東方明珠閃爍柔和光輝
因應色素分子量比例
黃藍混合對沖成純粹的綠
城鄉四季如春蓬勃葳蕤
調錯對比失卻昔日光芒
島民椎心泣血痛苦徬徨
西部牛仔亦非敵愾同仇
紅藍色素未能相抵融合
紫羅蘭系優質花卉
何等高雅端庄名貴
爭議、撕裂、互鬥
終究導致嚴重後果
祈求至高無上的神
拯救世界，佑我國民

2020年11月15日

晨運

帶著青年時代的印記

長年背上黏風濕膠貼

疼痛如影隨形

輾轉無眠待天明

彳亍青山綠樹間

傾聽雀啼鳥鳴

感恩海港美好一隅

縱使疫情猖獗

日子仍要過下去

老人堅持鍛煉身體

政府尚供養的起

他們未曾經歷火紅年代

不需要築牆懷念

激情燃燒歲月的雲湧風起

管家若缺乏理財智慧

遲早花光巨額盈餘

前人種樹後人乘涼

後人或有能耐向太空遷移

大眾享受社會福利合乎情理

哪怕老弱病殘也願意守候

世代的汗流血滴

根深已扎入這片土地

2020年12月4日

太陽底下無新事

兒提聽故事開講

紅色木屋外白雪飛揚

外婆笑坐壁爐旁

吾國北方人燒炕取暖

南方人嫌圍爐聞炭毒

老貓躺在瓦楞上

喊牠百遍裝聾作啞

喵一聲都懶

奶奶見日出喜上眉梢

晾曬棉被，米中挑稗子

今天尤珍惜充沛陽光

靠在公園椅背瞇上雙眼

增強免疫力，抵抗高佛病毒

天然日光乃無價寶藏

不搽防曬油不撐洋傘

黑就讓它黑，理它好不好看

想起佩洛西戴個花布口罩

仿佛捂著條底褲引人發笑

美容公司乏人問津

胭脂口紅都免了

誰在意塗脂抹粉

千萬別去拉丁舞場地

上流社會相繼中招染疫

能活下去才是最後勝利

2020年12月4日

白日夢

禁足令下，球場圍著

紅白相間膠繩

市民自動自覺止步

無言無奈又無能

觀眾席間沐浴日光

說不出的舒坦，剎那間

忘卻高樓陋室之濕冷陰寒

上帝將陽光空氣和水

免費贈予人類

豈可暴殄這場盛筵

天空瓦藍，藍得發紫

不見一丁點雲彩

樹梢在微風中搖擺

不遠處依稀傳來車聲

佔據長凳的男人們光膀子

老者闔眼昏昏沉沉

忽然從夢中驚醒，審視

自己這銀髮這皺紋這體型

老態龍鍾踽踽而行

除了日漸衰弱的外型

僅剩下一顆善感的心

我明白了

最後的歲月已經悄悄來臨

2020年12月5日

懺悔

風水師說，每逢庚子必有亂

回顧歷史，似是一道魔咒

六十年一輪迴

伴隨而來歷史的轉折

且看年頭瘟君來勢洶洶

病毒傳播四大洋七大洲

地球人來不及反應

目睹妖孽肆無忌憚橫行

為拯救染疫者

犧牲多少前線醫護

科學家夜以繼日苦苦探索

尋求醫藥，研製疫苗

七十八億人默默等候

忍受未知與恐懼的折磨

經濟受到嚴重衝擊

繁華世界蕭條不已

祈求仁慈的上帝高抬貴手

允諾人類平安度過

然後反思，究竟犯了

什麼不可饒恕的罪惡

2020年12月6日

可笑的追夢人

走那麼遠，你在追尋什麼
可否放下匆匆腳步
細細品味身邊風景
洋紫荊羞紅著臉
也許她們昨晚喝的太多
雀鳥嘰喳七嘴八舌
就像梯階上蹭陽光的娘們
你的世界如此平靜
靜得能聽見心裡的聲音
心扉早已上鎖
貌似強大，誰曉得
只需輕輕一擊
如案上擺姿勢的陶瓷
即刻分崩離析碎落一地
風雲變幻世事無常
卑微的人啊
棲身蝸居做白日夢
那不著邊際的遠方
那一個個充滿詩意的夢
只需雙眼一睜
串串肥皂泡，無可追尋

2020年12月7日

當我老了

長凳上正對驕陽的老人
枯坐了兩個時辰
任日頭曝曬他那一臉皺紋
閉上眼睛一動不動
仿似坐禪高僧
偷眼覷之，像是鄰居長者
唯恐不討喜未敢打招呼
有本書上說，一位村中老人
擔心一睡不醒
拒絕上炕休眠
徹夜曬月光靜坐家門前
曾覺得故事頗為荒誕
無病無痛見上帝
豈非修來的福氣
然而此刻設身處地
當我老得像個影子
世上會有誰在乎
如櫃內那些又黃又皺的書
什麼人有興趣打開閱讀
從而聯想起某人的一生
或許就是書中所寫的故事

2020年12月7日

步行

甚少運動的你

體育場上走幾圈

為了不辜負明媚清晨

天空與往日週異

並非藍的一望無際

白雲借助風神腳力

破浪馳騁，張揚任性

旭日終被雲海屏蔽

空氣中飄盪著一絲寒意

和病毒共存已成常態

人們默默忍耐無悔無怨

健兒們跑夠里數紛紛退出

努力工作，堅持抗疫

世界不能停擺

有閒人喜歡遐想胡猜

世人究竟犯下什麼錯

激怒慈悲的上帝

發這麼大的脾氣

難道地球承受不了壓力

自然淘汰，重新平衡

十個讀書郎九個痴

風兒啊，你有何敏感信息

可否告知
我願意洗耳接收

2020年12月8日

日課

今天日光淡泊
習慣了過來坐坐
天文台預告明日有雨
片刻晴朗也不容錯過
軟綿綿的日頭
暖洋洋的享受
什麼也不去瞎想
忘記一切，忘記寂寞
所有的政見紛爭
黃藍也好紅藍也罷
高山和海洋相隔很遠很遠
所有的時局觀點
政治強人自會去判斷斡旋
小民何須擔心懸念
愛自己愛家人
隨遇而安度過難關
看哪，太陽終於露出笑臉
也許它不忍心粉絲們守候
一如既往熱情似火
那些光臂膀的老頭
勢必匆匆趕來佔座
重覆他們的每日一課
明天下雨就不能來了

2020年12月8日

你是否懂我

太陽懶懶地不願露臉
耳機播著重歸蘇蓮托
雙腳依舊邁上山坡
梯級長且陡
脫下口罩，立即遭到斥責
兀自一驚，不免有些顫抖
難道遇上紅衛兵
你以為你是誰，對面的惡婆
較勁有失身份，大媽眼中的我
同樣斗大的字不識幾個
多少年來的修練
早已刀槍不入
人說路邊的野花有毒
我偏要採多幾朵
通知快遞小哥
將那些曬乾的花兒
連同我的詩歌一齊包裹
寄給遠方的朋友
龍井花茶甜甜的
喝下它百毒不侵，醉了
陽光下瞇上眼
可否想想遠方的我

2020年12月9日

禁足

鐵將軍把門
群育館杳無人跡
附近屋邨被劃為疫區
移師哪裡
眼睛瞟向不遠之處
我在心裡對他們說
怎麼不去志蓮淨苑，只需
跨過山門膜拜佛前
輕叩木魚默頌真言
索性剃去三千煩惱絲
凡塵俗事盡數無緣
可是我忠于生活
醉意夕照下的黃昏
晚霞璀璨，追憶青春過往
緬懷生命中經歷的大小事
惦念依舊生龍活虎的朋友
感恩安息天堂的父母親人
甘苦自知，不喜不怨
邁過凋零寒冬，不遠就是
萬紫千紅的春天
趁思想源泉未乾涸
胡謅幾句散文閒篇
記載這個不一般的冬天

2020年12月10日

追逐陽光

陰霾漸去，重現晴天

浮雲滌瑕，蒼穹無邊

如斯美好凡間

無法相信瘟疫繼續蔓延

地球翻滾著看不見的硝煙

如常漫步抵社區娛樂園

雖圍上禁聚繩，尚有空間

一半光明，一半黑暗

面東的足球場迎向太陽

兩棵棕櫚樹為界

形成天然子午線

這邊是海洋，那邊是高山

老年人繞著東半球轉圈

小朋友朝裝飾籬笆的牆苦練

一道上鎖的虛擬龍門

解下圍巾脫去大衣

倚坐樹蔭下草地，猜想那些

嘴饞的渴望大塊朵頤欣然赴宴

腳癢的按捺不住會晤拉丁舞伴

老者不需美髮美容推拿按摩

打拳耍太極活力不減

感恩上帝賜予你我

健康快樂每一天

2020 年 12 月 8 日

上帝的妙筆

清早大雨滂沱
合上眼睛再睡一會
晨運估計泡湯了，然而
腳不聽話執意下樓
路濕坡陡
郊野公園難以行走
踅到遊樂場兜圈兒
竟因意外的景像瞠目結舌
往日看似平坦的步行道
水窪一窩窩
淺淺地映襯出一幅幅畫作
美不勝收
追憶旅途中總有驢友
被綺麗的倒影迷惑
爭相按快門，唯恐落後
上蒼神奇的筆墨
令人深深動容
縱使未能遊山玩水
身邊的景物同樣觸碰我
呵，詩意就在心頭

2020年12月22日

四十年的思念

樂府《古艷歌》曰：熒熒白兔，東走西顧。衣不如新，人不如故。

君怡酒店會見老友溫陵氏。40年的別離，40年的思念，40年後重逢，該說什麼？還好是喜極擁抱而非相擁而泣。電話中聽到你的聲音曾經那麼激動，灑淚吟唱《南來的風》。刻骨銘心的記憶已然隨風飄逸，送上衷心的祝福，快樂安康！

哈囉，手機那頭
些微囁嚅的鄉音
浪跡天涯的遊子
終於記起同窗學友
開心，傷心
任憑淚水滴落衣襟

那一年話別
引擎發出討厭噪音
時代跟咱們開玩笑
等待彼此是怎樣的命運
保重，保重
互握對方的手不放

幾載同窗，共同理想
你博覽群書想當文豪
我埋頭數理要獻身科學
運動場上留著你百米賽足跡
圖書室角落裡有我長年座位
對未來滿懷憧憬前程無量

別了，無緣再見
聽說你遠渡重洋
到菲國開創錦繡前途
別了，我也相繼去國
走過羅湖橋回望
何時再會舊友和故鄉

踏著沉重腳步
人生路多麼漫長
偶爾吹來家鄉的風
好像有個聲音向我呼喚
午夜夢迴傳來吉他
誰在訴衷腸
是夢是醒，疑幻疑真
淚水濕透枕頭衣裳

40是個小數字
從洋溢著青春笑靨
到爬滿皺紋的臉龐
看那張遠足舊照
你站在最後一行
照片裡的人已少了幾位

曾經厭倦漂泊
疲累的身軀揹著空空行囊
回歸我們的故鄉
耳聞親切鄉音
尋覓舊日模樣，路人卻問
你從哪裡來，要往哪兒走

佳音來自呂宋
遊子未忘卻過往
歲月留痕，淚水早已
撫平傷口
你說的好，我們都到了
寫回憶錄的年齡

2010年6月30日

寄蒼央嘉措

飛越千山萬水追尋你的足跡
你默然無語
仰望瑪布日山上古老宮殿
風在淺唱低吟

#那一天，我閉目在經殿的香霧中，驀然聽見你頌經
　中的真言
　那一月，我搖動所有的經筒，不為超度，只為觸摸
　你的指尖
　那一年，磕長頭匍匐在山路，不為覲見，只為貼著
　你的溫暖
　那一世，轉山轉水轉佛塔，不為修來世，只為途中
　與你相見#

攀上世界屋脊
布達拉宮巍然屹立
為蒼生拒當傀儡
哪有六世達賴蛛絲馬跡
你拋卻玉食錦衣
寧作苦行僧江湖浪跡
看透世情頓悟離去
留給後人無盡猜疑

三百年前的活佛

請告訴前來遊子

我的前生是誰

來世將去哪裡

你為政治犧牲

我被時代拋棄

你行過乞

我種過地

說什麼耽於酒色不守清規

說什麼假達賴予以廢黜

欲加之罪何患無詞

政治迫害從古到今未曾停止

難言的民族苦難揹起

誰明了你的心曲

挑戰信仰拒受比丘戒律

需要怎樣的勇氣

八廓街酒巴瑪吉阿米

傳說你與情人相會這裡

何等風流何等倜儻

姑娘們深深為你著迷

世間安得雙全法

不負如來不負卿

身居青燈古殿面對枯燥典籍
渴望自由向往另一片天地

莫談政治莫說歷史
多少人只為你的詩歌而至
你從高高殿堂下來
像民間一落魄公子
為建造長治久安理想雪域
悄然遜位予後來者
心懷天下以死遁世
真正的活佛是你

因你的詩陶醉
細細咀嚼一字一句
為你的歌喝采
點點滴滴融入心底
六世達賴蒼央嘉措
布達拉宮沒有你的靈位
你占據更高層次
無人可以企及，無人能夠代替

#引用詩句

空中遐想

升降機火箭般衝線

忽被推入另一度空間

強烈光照熱力逼人

睜不開雙眼

如此接近太陽

不遠處是否天堂

人聲鼎沸熙來攘往

蒞臨嘉年華會場

空中舞台色彩繽紛

你唱罷下來他接著上

彼此都是天使

享受生活享受陽光

曬台上一張張躺椅

驕陽輝映美麗胴體

白皮膚、藍眼睛、高鼻子

橄欖膚色，絡腮鬍鬚

不分民族國籍

龍的傳人同等尊貴

一池春水泛起波瀾

夕照點綴戲水鴛鴦

天鵝湖樂曲飄入雲端
碧波閃爍悠悠
男女舞步輕盈
期待展翅飛翔

伸手可及海市蜃樓
彼岸就是天的盡頭
晚霞的光華多麼璀璨
水天一色似真如幻
飛躍咫尺鴻溝
人生完美無憾

#新加坡金沙酒店空中花園設計師別出心裁將三幢
大樓連在一起，船型公園的長度據稱超過埃菲爾鐵
塔放倒之長。設在57層樓頂的世界最高泳池，如同
水面延伸到地平線一般壯觀。泳客一邊游泳，一邊
俯瞰城市靚麗風光。

2012年4月8日

靈魂

妳走後

魂歸哪裡

天堂只留高尚者

遙遠飄渺，無趣寂寥

地獄擁擠滿溢

狼嚎鬼哭，陰森恐怖

也許妳

化為一朵雛菊

扎根東籬下

待他來採擷

也許妳

變成一隻黃鸝

在窗前枝頭上

婉約唱啼

我相信

惟有這默契

你知，我知

只因紅塵有你

2012年8月26日

（一）假如生活欺騙了你

普希金說

假如生活欺騙了你

不要悲傷

不要生氣

煩惱時要保持冷靜

快樂的日子會來臨

人生就像一齣戲

匆匆上場急急落妝

年華已然老去

往事只能追憶

未來還有多少意義

我時時存疑

來日不可算計

難得糊塗是佳句

遠方的朋友

感謝您的支持

但願互相激勵

直到終極

（二）紙鷂

君寄居天涯
妾流浪海角
放一隻風箏
任它獨自逍遙

輕盈的紙鷂
隨風飄呀飄
送它入雲時
黑髮長及腰

鷂鷹越飛越遠
捎去少女的祝禱
盈盈降落
掛在老家桃樹梢

曾經望穿秋水
怎奈風急浪又高
默默守候
光陰飛逝人易老

人怕鷂來晚
髮恨變色快

悠悠忽忽幾十載
待他拾鵲頭已白

（三）重逢

微信像蜘蛛怪獸
將你我網羅
當年的夢早已塵封
遺落的廊橋鑴刻腦中

心裡有個屬於你的地方
擠壓著年少時的輕狂
我將之深深收藏
未曾讓它見到陽光

深宵的笛聲隨風飄來
是誰夜夜巷口徘徊
門前的苦苦等候
不因颱風下雨阻礙

曾經的少年玉樹臨風
曾經的少女柔情萬種
生活卻將人逼迫
遠去到世界盡頭

你不再是你，我也不是我
你有你的理想，我有我的生活
白雲蒼狗
變幻的步伐難攜手

世間多風雨，前事羞提
縱使記憶抹不去
如水的柔情隨雲蕩漾
偶爾的思念藏在心底

人生匆匆，何故淚眼矇矓
重逢說聲哈囉
再見依然相擁
讓前塵往事，吹散在風中

（四）天羅地網

網絡像隻巨型蜘蛛
雄霸著無窮天際
怪獸織下天羅地網
吞食網民幾十個億
可憐的小昆蟲
吸吮毒液，沾沾自喜

花甲老人，亦或古稀
生活在偉大的21世紀
隨時隨處把頭低
潮流一族
指點螢幕，激揚文字
分秒忙於撥弄手機

群友如飛蛾墮蛛網
紛紛跌了進去
忘乎所以，身不由己
如此微妙，如此詭譎
你我都已被擒
掉進疏而不漏的天網裡

（五）歲月沙漏

歲月就像沙漏
流經自己的手
一點一滴
不聲不響地溜走

小時候
身高刻在門後

急切期待長大
一日三番四次量度

懂事後
徬徨而憂愁
踏上紛亂社會
裹入一場場爭鬥

熊熊革命烈火
人被燒得焦頭爛額
傾巢之下無完卵
無路走投

家在哪兒
何處是容身之所
惟有落荒逃走
四海為家到處飄泊

曾想做一隻天鵝
在如鏡的湖海洗濯
水面映著美麗倒影
如癡如醉自戀自我

然而真實的人生
須在泥濘中求活
潔靜的靈魂啊
告訴我，如何選擇

有一個傳說
故事中的鳳凰浴火
火鳥在烈焰中輪迴
靈魂自酷刑中超脫

不羨五百年修行
鳳凰涅槃重生
只願千萬次回眸
換來世不與你擦肩而過

（六）你好，同學！

帶著淚意的感覺
還有一股湧然的喜悅
遊子回程
赴半個世紀之約

流浪人歸來
與髮小們相會

遠航的孤舟揚起風帆
駛入夕照下港灣

天涯風高浪急
半生顛沛流離
經歷過驚濤駭浪
腳下也曾高高低低
再會的忐忑
令心跳加急

同學，你好！
歡迎前來報到
班長架起老花眼鏡
將老照片一一對照

張小兵，王大可
兩隻淘氣的小毛猴
怎都成了胖老頭
阿嬌依然可愛
不減當年丰采
僅只略略富泰

勿因寵辱待己
不以成敗論人

遊子終於深深釋懷
舉觴祝重逢
醉看夕陽紅
接頭的暗號如舊
──老－同－學

（七）心事

手機傳來信息
你問我在做什麼
我回答
夜深沉，心事多

孤獨是致命的毒素
寂寞是思路的乾枯
我思故我在
心緒將人牢牢困住

彷彿一陣風吹過
腦海泛起微波
心潮高低起伏
漣漪翻轉成漩渦

偌大的宇宙
人微小如沙粒
無形的思念飛越千里
將你我穿透

讀一首唐詩
填一闋宋詞
寫不完的心事
輟不住的弦歌

紅塵若一夢
驚醒已是千年隔
杯中再加酒
送我入南柯

（八）寫詩

你為何要寫詩
詩人難免神經質
旖旎的夢境
由無法言說的心情編織

淚水輕拭
一再斟酌的半闋詞

寂寞長夜
將無以名狀的憂傷掩飾

敲打數行字
拼湊幾個斷句
堆砌的字裡行間
寄託無窮盡的幽思

添了葉再加枝
猶如一張畫布
描的鏡中花水中月
分明虛幻飄渺無價值

你為何要寫詩
詩人難免心癡
士農工商七十二行
惟有詩人傷心傷神
──不能當飯吃

（九）夜幕

黃金海岸駐足
索性脫下鞋襪

踩踏綿軟的沙子
沿海岸線躑躅

夜空像天然布幕
海鷗是舞台支柱
鳥兒追逐浪花
跳起歡樂舞步

節奏不徐不疾
潮漲潮低
濤聲如鼓樂輕擊
催眠著大地

夜深了，明天再來
呵，不！
你忘記已經退出
告別那些輕歌曼舞

人們常說的沒戲
並非你背錯台詞
劇本再無你的獨白
只能默默面對大海

儘管還有許多話沒講
卻再無訴說的地方
人生如舞台
不知不覺演到落幕

歸去吧
僅剩下一小段路
趁沒有喝醉
還不需要人扶

（十）遺囑

假如那一天來臨
我並不在意
浮沉人生幾十載
凡塵路終於走畢

臭皮囊該作一次火浴
爾後邀清風飄送剩餘
不焚香燭，不燒冥紙
我討厭煙霧彌迷
不必葬禮，無須墓地
我喜歡四處浪跡

請播送小提琴協奏曲
維瓦爾迪的四季
開一瓶紅酒
令臉頰現酡紅醉意

假如可以，請替我整理
編一本詩詞集
再寫一篇序
且作我的遺產贈予
原本身無長物
隻言片語是我的唯一

逝者已矣
請把我忘記
我將回歸天家
等待老友在彼岸重聚

當你寂寞的時候

當你寂寞的時候
請不必難過
靜靜地坐下來
冷冷心情，沉默片刻
理理思緒，抱抱自己
想一想再走

有一個去處
沿長廊蜿蜒曲折
清風徐徐，遊人三二
楊柳依依，燕舞鶯歌
放縱情懷吧
讓淚水盡情滑落

不要愁悶，不能懦弱
駐足岸邊小橋頭
面向大海，寥寥釣客
沉澱後再思索
可以默然枯坐
可以追逐群鷗

鹹鹹的海風
請你帶走憂傷
歸巢的鳥兒

把快樂傳遞給我
悠悠人世，寂寞算得了什麼
再怎麼難受，路依舊要走

當我寂寞的時候
不會再難過
帶一本書找一家咖啡座
周遭浮躁影響不了我
與高尚的人交流
寂寞也是一種享受

2014年8月20日

朝霞與眉月二重唱

農夫

無情風雨過後

空氣百倍清新

漫漫長夜將盡

大地格外安寧

朦朧星空中

朝霞和眉月是這麼地親近

一個羞得通紅滿臉

一個樂得瞇眼成線

一個張開玉臂

想擁抱兩人的溫柔

一個傾側耳朵

想細聽勝於天籟的心歌

雲醉月醉人更醉

只是醉中依醒

太陽有情，太陽更無情

安娜

讓我來和一段美妙獨唱

如此詩意，如此令人感傷

彷彿一葉扁舟

從歲月深處緩緩而來

兒時的遐想
幾經靠近天堂

曾想約他一段月光
讓滿天的星星
把少年的笑容點亮
期待某一個清晨
似銀白的月牙
投入朝霞寬大的胸膛

曾想做一束丁香
開在他窗旁
讓幽幽芬芳
薰染驛動的心房
留守古老的家鄉
遊走那些街區小巷

曾幻想老來依偎
溫暖的爐火旁
將往事細細品嘗
縱使兩鬢掛霜
你依然願意
傾聽我滾燙的詩行

光陰已將淚水灑光

不敢讓你

瞧見我一臉的滄桑

惟有來世

做個最美的姑娘

以丁香樹的模樣

開在你經過的路上

用淡雅鎖住你飄渺的目光

2014年10月3日

深秋吟

秋的時日，是歲月的沉積
腳步走出繁華
思緒停留往昔
沏一杯香茗
解開心結，放下自己
隨裊裊輕煙飄逸

播放四季之秋
陶醉維瓦爾迪
融入美妙樂曲
將莫名的憂傷忘記
百轉千迴，拋不開的過去
千山萬水，丟不下的情誼

流年的沙漏
誰也無法逃離
生命悄悄地來，淡淡地去
該走的走
該放棄的放棄
愛是幸福，有緣才相聚

讀納蘭詞，作幾行詩
以鍵盤為琴
譜一曲相思

遙隔千里，你是否
偶爾想起我
感受遠方的友誼

哪怕走到天涯
我也能想像你的笑意
即使白髮蒼蒼，亦未能忘記
在凡塵的煙火裏
扮演從容安逸
心底那些風景，深藏著記憶

人在旅途
夕照黃昏路
滿目入畫，是深秋的景致
看人世悠悠
禁不住傷春悲秋
惟有頻頻添加，杯中醇酒

2014年10月18日

吟唱平安

那一年走進一峰書院
就此注定一世的緣
青春的陽光
明媚耀眼
縱然匆匆而逝
餘韻常留心田

揮手告別校園
轉身竟成永遠
歲月飛逝若箭
汗水揮灑戴雲山巔
往事如煙
人生苦短，無語又無言

石火光陰轉瞬間
默默無痕是流年
約伯的苦難像座山
橫亘於腳前
掙扎求存在所難免
惟願夕陽好，精彩每一天

走過滄海桑田
皈依的路途遙遠，繼續
將上帝安排的角色扮演

吟唱平安，歲歲年年
未到謝幕的時候
讓歌聲在人間傳遍

2014年12月24日

新年禱詞

倏來忽往白駒過隙
晨曦易夕未可預期
人在流光中衰老
銀髮稀疏枯槁
青筋暴露的手背
承載著歲月溝渠

蹣跚步履佝僂身軀
不複當年勇氣
思維漸存淡淡記憶
但是我已經盡力
終不悔他日歸去
化作秋冬落葉碾成泥

惟望每日清晨醒來
眼睛看見四時花蕊
耳朵聽到蟲鳴鳥語
東方太陽蓬勃升起
適時雨水滋潤大地
賦予孩子們無窮生命力

希望每晚沉沉酣眠
進入幽深夢田
相會遠方親人

祈禱病人換骨脫胎
長者高壽康健
人人展現幸福笑靨

祝福國泰民安
歌舞昇平盛世綿延
萬能的神將大愛施予
年輕人前程似錦
老人醉裏不知年華限
你能夠感受我的思念

2015年元旦

追夢的詩魂

東南靈，詩魂的化名
由裡向外滿溢詩人氣質
從上到下飄逸歌者柔情
微風自西天邊徐來
在東南海角駐足
我聞到奶茶的芳香
聽見馬頭琴的音符
滿目蒙古大草原景致

鵝毛大雪上下飛舞
誰在銀色世界踟躕
踩上深深淺淺的腳印
除了那間遺世小屋
彷彿沒有其他出路
女兒紅暫且溫暖你的心
哪怕穿過呼倫貝爾
酒醒了依然孤獨

離去的人心不在這兒
該留的留該走的走
不屬於你的
並未真正擁有
忘卻那場客棧邂逅
走了便不期待他回頭

把空房通統出租
別給自己留下寂寞

什麼地老天荒地死生契闊
執誰之手與誰成說
別叫情殤擊倒
效法莊子鼓盆而歌
婚姻是世俗男女的通行證
用它相互捆綁一生
愛情本是奢侈品
化蝶才能永恒

買花給自己戴
用不著難為情
誰不願小鳥依人
在愛巢棲息疲憊的心
可你想過沒有
家並非浪漫居所
玫瑰燭光晚餐伊始
開門七件事接踵而至

思慮包括油鹽醬醋
靈感參雜奶瓶尿布
雞毛蒜皮，無時無日

接受生活的拷問
放下苟且的生存
去遠方尋覓詩意
再次南渡
把一段段相遇寫成傳奇

遊弋的詩魂
何時停下你的步履
流浪時想家
歸鄉則遙望天涯
不安分的追夢人
到處尋覓
穿越草原穿越森林
走走停停，且歌且行

折騰吧，東南靈
趁著年輕
假若能夠回到你的年齡
我一定陪伴同行
飛過七大洲越過四大洋
讓我們的詩魂不再孤苦伶仃

2015年2月10日

打盹

嚴冬漫長
春意在心中徜徉
彷彿桃飄李飛
滿樹香艷化冰霜
思念瘋長
如夢如幻，飛出藩牆
朦朧中老去的時光

濛濛細雨的老巷
誰打著油紙傘遊蕩
默默彳亍，徬徨惆悵
街角咿呀一響
誰拋過來深情目光
眼眸潮湧
情思在煙雨中飛翔

一曲笛聲悠揚
飛出殘壁斷垣
吹奏的韻律
詩一般哀婉迷惘
誰向誰訴衷腸
遍體鱗傷
也要撐起堅強

灑滿清輝的夜晚
記憶中的小巷
遠遠飄來
淡淡薔薇花香
睜開眼日光明媚
夕陽如血
大地寧靜安詳

2015年2月21日

相冊

打開封鎖祕密的相簿
扉頁上字跡模糊
激情歲月，豪言壯語
帶你回時光深處
一本珍藏的黑白照片
一個個憨狀可掬的少年
未曾經歷風雨人生
青澀、單純、腼腆

那時候天很藍很藍
頭頂上陽光燦爛
桐江水，彌陀岩
上天恩賜的搖籃
我們熱愛自己的故鄉
哪怕只有清風月亮
誰都以為地久天長
永遠擁有美好家山

古城邂逅，從不敢直視
你那深不可測的雙眸
同窗緣份難得
未曾戀愛是否錯過
書香夾雜玉蘭花香
柳絮在唐詩宋詞中飛揚

誰斗膽拖誰的手
來一場任性的張狂

青春熱力無法壓抑
燃燒至戴雲山區
無價？無悔？
修理貧瘠的土地
哀嘆無價者仰天長嘯
高唱無悔者志衝雲霄
試問人生的天平
砝碼該加減多少

2015年2月21日

晨讀有感

晨曦悄然透進小窗

陋室投入第一縷曙光

照在案頭書卷

靈氣剎時充滿心房

徜徉浩瀚海洋

大師與我交談

他們從古老年份走來

不拘東方、西方

大觀園飄過陣陣馨香

木石姻緣魂斷神傷

縱使會七十二變

孫猴子跳不出如來神掌

群雄逐鹿中原紛紛揚揚

三國盡歸司馬郎

逼上梁山充綠林好漢

造反焉有好下場

戰爭與和平引人神往

深深為安得烈哀嘆

娜塔莎未免年少輕狂

彼爾悲天憫人菩薩心腸

狄更斯警句縈迴耳旁

美好的年代亦或糟糕荒唐

人們到底奔向天堂
還是朝著相反方向

人生金字塔眾生景仰
弘一大師，文人楷模
物資乃底座，精神在中央
靈魂升華三層樓上
吸取古今食糧
知識予你智慧涵養
哪怕有人笑謂書蟲
書非借不能讀也#

#見《黃生借書說》

2015年3月15日

把從容留給自己

最是人間留不住

朱顏辭鏡花辭樹

光陰是把無情刀

削去秀髮，刻下縱橫紋路

年華老去向誰訴

閱過風景無數

手杖叩打石路

蹣跚裹足

陽光和煦輕風拂

晨鳥嘀咕，莫將春日負

桃李花落嫩葉滿枝

明年再開丰姿如故

遠來的燕子啣泥把巢築

春來秋往一年一度

只有人生匆匆

歲月無可重複

曲徑通幽，村莊一處處

誰為春耕忙碌

年輕人進城竟追逐

孩童老人權當躬耕農夫

掙不完的金錢財富

無窮盡的功名利祿

貪慾永無饜足
野草滋泣，田地荒蕪

滄海桑田天翻地覆
走過方知，最珍貴是質樸
寸金難買寸光陰
接近終點才醒悟
一生不短不長
何故步履匆促
假如可以，請放緩你的腳步
將沿途風光再回顧

停下來告訴孩子
炫耀父輩的精神財富
不羨金銀滿屋
惟愛簡單樸素
一生擁有的時光
絲絲縷縷恰到好處
年輕時曾經虛度
缺憾的盡力彌補

嚐遍甜酸辣苦
感恩上蒼憐憫垂顧
追求精神上富足

不因物慾迷失

今天清清白白做人

他日乾乾淨淨上路

把從容留給自己

坦然接受最後的歸宿

2015年3月16日

在獨處中感受快樂

偶爾
拋下手中工作
跳上地鐵、巴士
隨意在哪裏下車
寧願揀人少之處
沒有方向和目標
不拘市區或城郊
憑著感覺踱步

挑西貢生猛海鮮
看蛋家妹子撐艇仔
魚蝦螺蟹一簍簍
風吹雨打換漁穫
坐上大石頭
岸邊眾多垂釣者
長杆拋落，願者上鉤
耐心等待好結果

郊野公園蝶舞蜂飛
綠草如茵杜鵑繞林
陽光向樹林穿透
徐風將抑郁帶走
春日暖融融
心中充滿歡樂

喧囂和浮躁
是汙染世界的源頭

哼支心歌，頓然領會
何為純樸生活
在寧靜中與大地對話
讓靈魂於沉思中升華
穿越時空擊沉過去
令所有不堪敗落
終點就在盡頭
無須驚慌失措

流連忘返
風景如畫
山山水水
慢慢走過
獨處方能洞見澄澈
享受生命的葳蕤蓬勃
寂寞乃超凡境界
脫俗而不淺薄

2015年3月20日

踏青四月天

丟下書本倘佯山水間
枝頭啼唱的杜鵑
聲聲呼喚
春天不是讀書天
光陰似箭
月曆牌上「4」字赫然展現
明明白白地告訴你
春天的尾巴就快走遠

心兒放飛五嶽之巔
各路人馬雲集華山論劍
東邪、西毒、中神通
南帝段智興
北丐洪七公
觀摩四方英雄打擂台
領教天下絕世武功
融會貫通，穿越時空

少林寺始建南北朝
迄今一千五百二十載
引多少人慕名而來
暮鼓晨鐘佛家清淨地
舞刀弄棒弟子懷絕技
十八銅人陣守門禦敵

十三棍僧助唐寫傳奇
少林功夫自成體係

若問古今興廢事
請君且看洛陽城
洛陽地脈花最宜
牡丹尤為天下奇
百花之王被貶出長安
在此處開得更艷麗
十三朝古都濃縮歷史精華
三千年說不完的華夏神話

穿梭龍門石窟
震懾其藝術魅力
目不暇給
莊嚴蕭穆的佛殿遺址
栩栩如生的壁畫人物
佛像雕刻百態千姿
在塵俗外的世界，感受
古人的精神生活

穿越公元前二世紀
觀賞秦皇史跡
統一大業載入史冊

焚書坑儒當屬豐功偉績
斯人何其害怕寂寞
惟恐生前折騰不夠
長眠地底仍兵強馬壯
寧為雞口不為牛後

浪漫四月天，穿越兩千年
輕盈的靈飛到過去
老朽的身返回目前
歷史和夢境交織纏綿
與俠客交換心得
和偉人評論功過
渴望停留在
時光隧道的另一邊

2015年3月30日

悼友人

周圍是一片永久墳場
樹木青蔥寂寥空曠
山麓有一面天然港灣
潮水輕輕擊拍，岩石激起微浪
偶爾三兩晨運客攀緣而上
在現實和虛無中放遠眺望
那些曾經活生生的音容笑貌
寄居在這裡找到新故鄉

期待的清明節終於來臨
墓園一年一度興旺
老者柱枴杖，小兒泛乳香
少女捧著毋忘我、康乃馨
乳豬肉，橘紅糕
還有他生前喜愛的白燒
點蠟燭，燒冥鏹
故人快來品嚐

墓碑漆上紅字，墳頭修葺一番
生靈陪伴亡靈，相互傾訴思念
酒足飯飽濟濟一堂
夕陽下山天色晚
別了親人，明年再會
三百六十五個日子望眼欲穿

惟有留下這一篇文章
燒給你，寄託老朋友無言的哀傷

2015年4月5日

花開的季節

杜鵑花開了，漫山遍野
感覺很美，美得叫人心醉
看得見摸不著
摸不著一樣的美
桃李花開了，滿園芬芳
聞起來很香，香得令人窒息
在撒滿時光的古道
夢境一般溫柔

相知不易，曾把相思
種在故鄉的土地
青絲熬成白頭，姑娘老成婆婆
離別更難
你留下一溜無形的腳印
我還你兩串滾燙的淚行
遇見付流水，心事隨花落
花開極致是凋零

也許錯過一場邂逅
迴避那假想中的花好月圓
不能承受再次分別的陰影
紅塵浮沉，似水流年
花開不見葉，見葉不開花
曼珠莎華盛放在忘川彼岸

生生相錯
即是永生的相守

2015年4月7日

寂寥的夜

手機調靜音
管他信息爆滿
眼球只留意
屬於你的那一行
困在獨居小屋
大小不過幾平方

飛出那扇小窗
窗外是思想的天堂
月亮因我的淚眼迷濛
偶爾一兩顆星星閃亮
在淚光中璀璨
寂寞的夜如此令人感傷

一艘艘郵輪彩旗飄揚
棲息樓下天然避風港
旅人稍作休憩
等待清晨鳴笛啟航
睡夢中有人磨拳擦掌
抵擋驚濤駭浪

端詳一張張年輕的臉
試圖尋找當年你我的模樣
即使在封閉的時代

咱們也曾悄悄放飛思想
向往打開天窗
自由翱翔

閉眼遐想
如果可以倒流時光
你會不會陪我去流浪
結局是一無所有
將人生耗費在
崎嶇路途上

窗外月色稀疏慘澹
怎及山那邊燈火輝煌
你不必作答，吾心早已瞭然
殘月映照著殘缺的靈魂
夜依舊保持它的靜默
星星仍堅持它微弱的光芒

2015年4月9日

天堂的模樣

常常遐想 天家甚麼樣
神當正坐中央，安琪兒簇擁兩旁
司琴的兄弟吹拉彈唱
姊妹們載歌載舞神彩飛揚
我依舊靜靜獨處書房
吞噬一向景仰的精神食糧
天堂或如凡人想像
一幅巨型圖書館模樣

文化殿堂傳遞著神祕力量
翻閱古卷借鑒前人智慧
思考當下探索知識海洋
偶爾入目，那些殘破書頁
邊角卷起悄悄靠牆
打開蟲洞，視野外令人張惶
靈犀相通，魂魄出竅
星際間賞心愜目任馳騁

穿越時空與智者交往
物質上無法企及的奢望
精神上得到補償
縱使人生未必具真正意義
嗅嗅線裝書淡淡的油墨芬芳
對生命依然有一絲幻想

沉澱著歲月的詩行
溫暖你冰冷的心房
麻木者也會心悸，掀起漣漪
平復不安焦慮，寄予新的向往
圖書館酷似人間天堂
天堂就是圖書館的模樣

2015年4月13日

你不是詩人

一再告誡自己

別再碼字

你並非詩人，何故執迷

瞎謅亂七八糟的東西

時而語無倫次

時而歇斯底里

幾近神經質

誰能明瞭其中含義

顧城喜歡那頂破帽子

像個任性的男生

為了避免結束

避免一切開始

海子的詩美得澈底

遠方除了遙遠一無所有

今夜我不關心人類

我只想你

嘗試解讀馬雅可夫斯基

驚嘆詩人才華橫溢

尤其那段赤裸裸的名句：

當社會把你

逼到走投無路

不要忘記

身後還有一條路
——犯罪並不可恥

泰戈爾最是振聾發聵
友誼和愛情的區別在于
友誼意味著兩個人和世界
愛情意味著兩個人就是世界
最遙遠的距離
不是生與死
而是我站在你面前
你卻不知道我愛你

別再胡言亂語
你注定成不了大器
然而我的願望如此美麗
我的心總是充滿情意
我的眼淚像斷線的珍珠
點點滴滴
殘缺不齊
我控制不了自己

2015年4月24日

星空下，享受一個人的寂寞

通訊錄上名字何其多
幾十上百，不停地翻過
有時真想全部刪除
天曉得，哪一個
才是真正的朋友
可以隨時隨地不假思索
找他聊心事，吐露心曲
藉其肩膀打開百結愁腸

茫茫人海紅塵阡陌
何謂知己無以言說
怕人猜度
將自己層層包裹
像豪豬豎著滿身刺兒
築起無形的牆
與眾人保持間隔
演繹高傲的孤獨者

一分耕耘一分收穫
驕傲何來人脈網絡
婉謝搭訕酬酢
陶醉自我追求的快樂
各有前因難能感同身受
敷衍的交際要來做什麼

泛泛之交道聲哈囉
分道揚鑣不必回首

人生猶如一具大漏斗
相遇相識相知終要分手
最後碰撞的又有幾個
千言萬語需要傾訴的時候
哪個耐煩聽你囉嗦
長路漫漫誰陪你走
惟有獨步星空下
享受一個人的寂寞

2015年5月3日

母與子

每週探望他一次
吃吃飯，摟摟孩子
親親小家夥的雙頰
那個甜哪，充滿心頭
她也搞不清楚
親吻的是孫子還是兒子
總之滿溢著愛
無法用言語表白

下班了
高大的身軀站在門口
紳士般輕聲「哈囉！」
不像小時候，放學一路吆喝
媽，我回來了！
她在廚房汗如雨落
他丟下書包埋頭做功課
各有各忙活

光陰荏苒，歲月匆匆
季節從夏去到冬
他已經長大
成為頂天立地的男子漢
她的兩鬢早泛起白霜
腰身疲憊得不再挺拔

帶薄翼的雙眼閃爍淚花
皺紋印證著母親永遠的牽掛

呵，媽媽！
兒時有您擋風遮雨
含辛茹苦將我養大
不要自責能力差
子孫不奢求巨款豪宅
小溪流向大海
未來屬于年輕一代
我會憑藉能力圖強奮發

天底下
除了萬能的主
施世人予大愛
至深至情的便是母愛
也許她回答的僅是一抹微笑
千言萬語也不能替代

2015年5月7日

生命的韻律

歲月像一支交響曲
譜寫著生命的節拍韻律
天地的創造者
令人間變幻春夏秋冬
給各人安排不同角色
有人跑龍套，有人成角兒
回顧你如何演繹人生
無悔到人世間這一走

懵懂兒提時一味吸收
春天的陽光，母親的乳汁
成長全賴園丁澆灌培植
父母師長身為表率
謹言慎行
呵護幼小心靈
主旋律和緩輕柔
細細支流奔向小河

青春期荷爾蒙引發狂熱
躁動、野心、愚拙
社會動盪，撒旦誘惑
主旋律被高音階淹沒
強烈震音刺人耳膜
荒腔走板，走火入魔

失控的航船左衝右突
在巨浪中浮沉顛簸

幸大能之手重新掌舵
扭轉乾坤，波瀾壯闊
經歷過無數波折
一生勞碌奔波
終於可以歇口氣
享受豐盛收穫
人到老年睿智成熟
心中銘記對生活的恪守

秋天金燦燦的碩果
源自春季的汗水
酷暑的守候
早晨來一杯卡布奇諾
晚餐啜兩口二鍋頭
驀然回首
路過的風景那麼多
前面的路快到頭

秋去冬來，日出日落
歲月的旋律平穩祥和
溪水流向江海湖泊

晚霞是最美的景色
煥發多少風采，滌蕩多少苦澀
把感傷揉入風景譜成歌
傾聽誰在遠方呼喚
渡我達心的彼岸以輕舟

2015年5月12日

郊遊雜想

初夏蒞臨，一夜雨潺潺
天空刷洗的湛藍
黃土地浮翠流丹
蜂蝶嚶嗡，花枝招展
黛色的山，如國畫墨漬未乾
杜鵑濃妝艷抹，宣示最後的燦爛
蒼松迎客，小溪歡快地流淌
家樂徑詩意盎然

英雄樹枝椏擎天，如浴火鳳凰
洋紫荊脈脈含情，娘子般溫婉
山茶芍藥暗香盈袖爭相綻放
一個走神，以為誤入曼陀山莊
蟲兒唧唧鳥兒啾啾
郊遊人流熙來攘往
遠離喧囂都市，回歸大自然
親近村野擁抱青山

攀爬大石頭上
極目海天分外舒暢
這水，這石，這山
全是上帝為我們所創
夏娃亞當悖逆主的意願
被逐出伊甸園

仁慈的神分配給人類大地
囑咐管理好自己的土壤

奈何人忘記與神的約定
將上帝的忠告擱置耳邊
為起高樓砍伐無數森林
為蓋大廈毀壞多少良田
無盡地挖掘礦山，貪得無厭
錢，錢，錢，窮得只剩下錢
地球已然百孔千瘡
自食其果怎不令人感傷

拯救地球
保護人類賴以生存的家園
為了我們的孩子
為炎黃子孫繁衍
環保刻不容緩切勿拖延
勿用借口推卸責任
讓我們在離世之前
盡一份綿力，做一點貢獻

2015年5月14日

詩，叫人費解的東西

朋友鼓勵集結詩歌成冊
莞爾。不敢誆稱詩人
將文章折成長短句
有些幼稚
一本書少說十幾萬字
出版還有點意思
一張紙能印多少行詩
幾近暴殄天物

虛擬世界一早興起
碼字是不必花錢的遊戲
不需紙不用筆
口若懸河隨君意
何須期待靈感
段子高手隨口編撰
借此鍛鍊腦子常用常洗
逼退老人癡呆症堪稱一技

詩人具備特殊氣質
顧城、海子、芒克、食指
人似神經兮兮
詩卻寓意深遠，字字珠璣
含金量十足耐人尋味
經得起歲月敲擊

不似「正能量」激勵人心
卻無愧真詩人稱謂

切莫將詩比喻什麼雞湯
煲湯屬於廚師手藝
與詩歌扯不上關係
不值一提
當今最火的詩人是位農村婦女
「穿過大半個中國去睡你
其實睡你和被你睡是差不多的
無非是兩具肉體碰撞的力」

如斯直白，不加矯飾
女詩人想像力何其豐富
「一隻烏鴉正從身體裡飛出」
又該作何種解讀
愚鈍且缺乏詩意如我
肯定要被時代刷出去

現代唐吉訶德，五體投地佩服
詩字從今往後不敢再提
惟有模棱兩可，含糊其詞
欺騙別人也欺騙自己

2015年5月18日

瑣碎四題

（一）酒杯

相逢在多年後的聯誼會
感到他神情有異
一絲兒憂心，眉頭鎖緊
彷彿見他手上的杯子爆裂
唇上鮮紅的血滴
葡萄美酒泛起光暈
一聲聲乾杯，玻璃的碰撞
是成功的祝禱，還是夢碎的聲音

（二）鏡子

那時候我們都年輕
喜歡談論命運
罔顧頻頻變幻的社會煙雲
分道揚鑣，各自去追尋
半生如雲漂泊，追夢不停
灑落多少汗水，閱歷多少風景
直到某日鏡前發現如刻皺紋
幽幽夢醒，急急歸隱

（三）絮叨

你說什麼，我聽不清
風飄送過來母親的叮嚀
養兒一百歲，常憂九十九
衣食無缺的耄耋老人
誰將你的絮叨惦記於心
子女早已頤養天年
正在步高堂後塵
他們尤其需要調整心境

（四）送行

七彩繽紛的鮮花盛開牌匾
中午在烈日下迅速凋零
追思音樂仍無法令人平靜
走吧，走吧，何須傷心
通往天堂乃窄門
接下去是永生
今天送君最後一程
他日迎我同侍主於天庭

2015年5月21日

人間重晚晴

時不我予
莫再遲疑
去抓時間的尾巴
還是走馬看花
一生就算三萬天
前面的日子已然逝去
往後該怎麼過
假如可以……

初生之犢不畏虎
年輕時誰無雄心壯志
誓在人生座標
找到自己的位置
曾幾何時，信誓旦旦
窮一生精力奮鬥不止
理想往往在現實中
跌個嘴啃泥

何為遠大目標
於浩瀚天地
人似萬千螻蟻
怎樣出人頭地
回顧三千年華夏歷史
平民百姓生存不易

枉論天災人禍

特殊時期

開門不離七件事

山珍海味供不起

粗茶淡飯最相宜

窮人的鴿籠幾平米

擁有豪宅亦睡半張床矣

歸根結底

幸福是不恐懼

和至親的人在一起

喝百十盅雞湯

抄千萬篇感悟

不如當孫經理，甘之如飴

老憤青舌戰群儒又何須

瑜伽坐禪研究經書

彈琴吹笛種花養魚

攻打四方城

維繫鄰人情誼

一班老狀元骨

不顯山不露水

默默潛底

他們才是水中龍人中傑
緘默隱忍
貯存強大爆發力
描丹青，習書法
電影創作，吟詩作對

哪怕廣場唱歌跳舞
追電視神劇
各適其式，隨心所欲
已然沒有生活壓力
不為名利，只練修為
這便是我們要的生活
不關心財富
只享受餘生福氣

解讀人生座標
其實很容易
橫軸看成時間
縱軸視為天地
一生有多長，能去到多遠
前者聽憑上帝旨意
後者依靠個人爭取
讀書、旅行，盡自身能力

不企千鍾粟，不求顏如玉

書中自有前人無限智慧

教你不浮誇不淺薄

言辭不至乏味

閱讀是對作者辛勞的致意

書本給你帶來無窮樂趣

靜下心來細細品味

令君晚晴滿溢

2015年5月23日

一個人去流浪

有那麼一天
去到很遠很遠的地方
不需要伴侶
只帶著夢想
沿天邊翱翔
在草原上遊蕩
追隨心的方向
漫無目標流浪

踽踽而行
不必攜帶行囊
屏蔽周遭紛紛擾擾
忘記歲月的憂傷
站到高高礁石上
熱淚汩汩流淌
心思恣意奔放
屬於一個人的天堂

把堅毅還給海浪
讓馬頭琴聲帶走徬徨
將硬殼交予月亮
卸下外表的剛強
萬般柔情輕輕吟唱
最後的眼淚灑向海洋

敞開胸懷面對太陽
靈魂飛向天堂

2015年8月4日

中秋夜思

一輪憂鬱的月亮
懸掛在呆板的天上
像擦亮的銀盤
發出清冷的光

月姑娘，為何你
總是匆匆忙忙
未曾減緩勻稱的步履
永無厭倦地盤桓

誰值得妳如此眷戀
寧願圍繞他旋轉
耗盡一生一世時光
忠實追隨深情凝望

穿梭群星之間
徜徉銀河兩岸
帥哥兒頻頻朝妳眨眼
愛慕者何止千萬

妳裝出矜持的模樣
從不旁顧一看
將每一分熱量
投射在愛人身上

沐浴月色輕吟淺唱
封閉的心胸豁然開朗
一個人的風流自在
情操亦如秋水天長

2015年9月25日

蝸牛予我感悟

日出日落，忙忙碌碌
良辰美景，無暇兼顧
請你豎起耳朵
聽風聲簌簌
仿似紅楓在催促
知了在傾訴
人類已經麻木
只追求三餐一宿

瞧這兩隻蝸牛多有情趣
白天工作，夜晚散步
一個含羞答答
一個眉飛色舞
小子邊導遊邊把衷腸訴
讓我帶妳遊花園
領略勝景無數
莫把時光辜負

秋草蟲鳴，落葉窸窣
月光朦朧，星輝閃爍
淡淡花香飄過
柔柔清風吹拂
斜倚長凳遙望天際
銀河之中星斗遍佈

偶爾停下駐足

感動，感恩，感悟

2015年9月26日

他鄉的月

群鳥歸巢入睡
幾聲寒鴉烏啼
風中甜甜桂花味
馨香馥郁穿透心肺
情不自禁深深呼吸
捧一盞竹葉青
敬柳梢上滿月
邀寒宮吳哥娥姐乾杯

嬋娟洒落滿身清輝
閃爍在老嫗眉梢皺紋裏
髮絲經月色染成霜
朦朧著起翼的雙眸
穿過朦朧的夜
飄渺來處流年似水
跌宕起伏高高低低
光陰一去不回

桂殿嫦娥翩翩起舞
鴻衣羽裳水袖飛
吳剛醉了又醒頻舉杯
同賀人間佳節
他鄉的月不遜故里
熠熠放光輝

鄉愁醉在夢裡
哪怕醒來夢碎

2015年9月27日

在詩行裏寫下我們的友誼

風輕輕地吹
空氣帶著花菱味
雨細細地下
小小詩壇泛起漣漪
期盼的粉絲
仰慕的美女
椰島文友雲集
掩飾不住洋洋喜氣
終於迎來了你
遠方的抱石兄弟

蘸上濃濃墨汁
揮毫筆力透紙
龍飛鳳舞，賜聯贈書
雋逸非凡，真情流露
因你抱月而至
玉兔展歡顏
嫦娥舒雲袖
霓裳羽衣迎中秋
椰鄉的夜
格外美麗溫柔

短暫的相聚時光
不知不覺遠去

按捺不住滯後的懷念

延續長久不衰的友誼

遠方未謀面的朋友

計算著相遇機率

思忖能否進入你的眼裡

維情網路隨緣散聚

不需要笑著相遇哭著离去

在詩行裏寫下我們的友誼

2015年10月6日

都市的天空

繁華都市看不清天空的模樣

惟見腳下步履匆忙

天不再那麼藍，白雲無處徜徉

全天候空調

摩天大樓拒絕陽光

人們低頭趕路互不相望

車水馬龍塵土飛揚

一年三百六十五天

地下鐵路穿梭

不見天日視為平常

濫伐樹木破壞生態

廢棄塑膠污染海洋

星星在哪裏

還有八月十五的月亮

它們竊笑人類愚昧張狂

時時偷懶，躲進天堂

人人向錢看

理它晴空在哪方

自私、短視、無知

路邊的花草也需要太陽

2015年10月27日

格桑梅朵

格桑，高原的花朵
一首格桑花開的歌
聽的人把眼淚落
那位癡心的小夥子
在五公里外焦慮地等候
姑娘你不要躊躇
別讓愛情擦肩而過
快騎上雪公主
為了一生的相守

有個美麗的傳說
找到八瓣格桑梅朵
幸福已然獲得
當春天去到盡頭
格桑花如約來到高原
隨著季節變幻顏色
哪怕冬來萬物凋落
依然盛放
將好時光帶給你我

2015年10月28日

約定

假如有來世我依然固執
以獨特的姿勢
如傲雪紅梅
解讀神聖花語
在你經過之路站立
延續你我前世的記憶

往生前風景太亮麗
牡丹、郁金香、玫瑰
華貴、搶眼、嬌氣
縱使我奮力開過千次
你依舊熟視無睹
苦苦守候換不來相知

惟有默默用淚滴
將心中火焰澆熄
讓灰燼潛藏心底
如果啊，如果可以
與你預約下一個輪迴
請別再錯過我的花季

2015年10月30日

到處流浪

你喜歡去流浪
天生的慾望
渴慕鷗鳥展翅飛翔
面對潮汐巨浪
哪怕如一隻綿羊
躑躅在無邊無際的草原上

天地那樣蒼茫
人如一棵小草
棲身腳下土壤
望遠鏡也看不清前方
江天兩望
靈魂無法安於現狀
骨子裏
湧動著向往

路途中，也許激流險灘
也許空谷幽蘭鮮花怒放
或者巍峨宮殿富麗堂皇
或者沙漠缺水一派荒涼
為了那些炙熱的詩行
如此令人蕩氣迴腸

面對如血夕陽
你的心一直在路上

2015年11月4日

廊橋尋夢

送你，在橋的這頭
不要回眸
別不忍心走
淚水將衣襟濕透

徘徊，在橋的那頭
望穿秋水
無盡地守候
思念把鬢髮漂薄

期待，在時光盡頭
千迴百轉
奈何橋上聚首
彼岸花盛放如火

2015年11月6日

一壺花茶

一朵朵花蕾，含苞到綻放
迎春開到荼蘼
蝴蝶親暱芳菲面頰
戀戀不肯遠去
蜜蜂輸送愛的滋潤
依依難捨難離

日光軟軟地
灑落腳下土地
風兒柔柔地
吹拂葉上塵灰
雨水細細地
清洗枝幹汙泥

小朋友偶爾經過
伸手即遭母親喝斥
集萬千寵愛於一身
依然要枯萎凋落
有位老嫗蹣跚而來
將地上花瓣一一拾掇

晾曬窗台，坐上茶壺
沖一杯茗茶，加幾片乾花
香味總令她想起

那一樹嫣紅姹紫

歲月在枝頭搖曳

人在流年裡蹉跎

2015年11月12日

冬的疑惑

日曆上霜降蒞臨
未聞冬的腳步接近
一年四季如春
不穿棉襖不燒煤炭
低溫日子有暖氣空調
哪來冬天寒荒
冬使我懷念故鄉
老家的場景不一樣
北風呼嘯，天空灰暗
多少景物在腦中徜徉

街道巷弄稀落空曠
行人龜縮，步履匆忙
急欲躲進透風的瓦房
煤爐火燒的正旺
坐上的水壺滾燙
下一個素麵
沒肉少蛋，那麼可口
令你一頭汗暖洋洋
所有寒氣一掃而光
全身又充滿能量

偶爾敲門聲有客過訪
找出掉瓷的茶缸

沖一杯烏龍茶滿屋飄香
曾經的生活多麼樸素簡單
對物質文明的向往
漸行漸遠，背井離鄉
人生究竟追求些什麼
已然叫人迷茫
躁動的時代世間涼薄
孤獨的靈魂何處安放

2015年11月15日

紐西蘭遊

（一）再去流浪

撓短白髮搜索枯腸

墨水倒光塗不出華章

江淹才盡思維枯竭

僅餘空空皮囊

老之遲鈍令人哀傷

可本來又有多少人

明白那些赤誠的詩行

何苦背負奢望

擊打鍵盤慷慨激昂

文字早已落伍

惟有金錢受人景仰

你靜得像一滴水

想哭泣卻找不到肩膀

與其熱淚盈眶

任汗水咂落紙張

不如拋卻幻想

放靈魂去飛翔

再次流浪，追尋藍天陽光

2015年11月18日

（二）南飛

冬天來了，春天尚未醞釀
只是我等不及
急欲享受初夏金季
人在流光裏穿梭
順應大自然規律
送秋迎冬無可厚非
父神創造天地
彰顯上蒼大力
北國冰封千里
四野蒼茫百鳥飛盡
南面伊甸樂園
繁花似錦夏天來臨
藍天白雲依舊
季節反向延續
俯身拾起腳下枯枝
聞聞遠方的氣息
穿越大洋再飛一次
讓冬天稍微來遲

2015年11月21日

（三）北方來客

浮雲輕輕飄洋過海

島嶼剛剛甦醒

南半球的奧克蘭

晶瑩婉約晨曦流彩

嗨！北方的朋友不期而來

前一刻還在夢鄉徘徊

願似清風，柔柔撫摸尖塔頂

端詳每一位路人

留意每一道風景

瞧這水如此清澈

在寂寞流年裡波瀾不驚

湖面如鏡，倒映著無數倩影

庫克山巔白雪皚皚

山腳下魯冰花開，芬芳馥郁

蒂卡波湖水反襯出碧藍天際

漫步人間福地

禁不住深深呼吸

感受箭鎮的悠遊步履

節奏輕盈充滿笑意

一派群芳競艷，盎然生機

我願意用詩歌

款款地記下這場邂逅

莊園內體驗毛利人的生活

夜空中觀測心儀的星座

螢火蟲洞在招手

預約了藍企鵝

冰河上遊弋探索

呵，放鬆身心來個享受

2015年11月23日

（四）北島，南島

短暫相處就要分手

有些難分難捨

愛上北島沉靜的性格

沒有摩天大樓

藍天白雲，清風柔和

沒有夜夜笙歌

不需為五斗米奔走

美麗島國上布道地標恭候

任君觀飛流擊石

聽森林內大自然唱和

揮揮衣袖繼續南飛
腦際重現一個個鏡頭
洞穴中千萬隻螢火蟲附著
彷彿無數藍色幽靈
想起仍砰然心驚
毛利人刺青的臉孔
老人小孩真誠的笑容
象徵古老文化的紋身圖騰
基督城伸開雙臂示好
與北地來客親切擁抱

皇冠山脈高聳入雲霄
弗朗茨冰河綿亘千里遙
皇后鎮的節目刺激火爆
走冰川，探幽谷
玩降落傘，觀笨豬跳
最浪漫的約會接踵而到
吉布斯谷紅酒早準備好
行走但尼丁呈四十五度街道
重逢奧瑪魯藍企鵝，還有
大熊之手串成的滿天星座

2015 年 11 月 27 日

（五）默然

天空沒留下翅膀的痕跡
但我已飛過……
在地球的另一端
咀嚼泰戈爾名言
回味曾經的風雨磨難
忘卻絲絲苦辣甜酸
迎面風景如詩如畫
雷望角燈塔屹立在最北端

放眼塔斯曼海心潮澎湃
化解郁結胸懷坦蕩
遠離塵囂，視野無限寬廣
眺望大洋，極目浩瀚
花木葳蕤牛羊滿山
伊甸園寧靜悄然
天邊繁星可否告訴我
分辨善惡的樹是哪一棵？

多想化作一道輕煙
送靈魂上青天
奈何曠野無言
找不到窄門方向

身在異國他鄉
加一杯咖啡靜思默想
面對人世滄海桑田
不足歎息離合悲歡

2015年12月6日

徜徉時光河岸

人生是條長河
歲月如細水綿延
沒有選擇一路向前
曾經懵懂無知的少年
轉眼改變容顏
偶爾駐足河岸邊
驚嘆舊風景漸行漸遠
多愁善感懷念難免

那些人，那些事
那些令人糾結的情緣
昔日情懷縱使瀲灩
終在生命中沉澱
洶湧心潮早已平伏
愛過，痛過
得失難言
五味雜陳，苦辣酸甜

從春機勃發到休憩冬眠
棱角不知不覺被磨礪
淘盡浮華睿智融圓
能在跌倒的黑暗深淵
看到最美的星天
走吧，走吧

讓時間的河帶走所有眷戀
不再迷失，回歸原點

2015年12月14日

相思雨季

寂寥的夜

因沉默而孤獨

朦朧的月

因淚眼而模糊

空中飄下幾許雨絲

雨季悄悄帶來相思

眼前出現思念的影子

風在呼喊他的名字

曾寫下多少綺麗纏綿的詩

幻想圓前生夙願

豈料未曾開始就結束

潛藏心中不及吐露

春來秋去光陰虛擲

坐時光兩岸看歲月流逝

沒有重來的日子

只有虛幻的三生石

隨風傳來憂傷的曲子

誰在訴說前塵往事

哪個來陪我聽這場雨

感受相思的旋律

每一場雨

都珍藏一個故事

遠方的你
能否解讀

2015年12月20日

透明與輕盈

什麼人說過——

泰戈爾？

有一個夜晚

我燒毀了所有記憶

從此我的夢就透明了

有一個早晨

我扔掉所有的昨天

從此我的腳步就輕盈了

憑藉寶血獲救贖

不受夢魘困擾

釋放所有壓抑

讓生命剩下透徹的美麗

萬物從冬眠中甦醒

陽光燦爛春回大地

桃李搖曳百態千姿

枯草也重獲生機

期待拋棄心的負累

幻化成雲朵輕柔無比

隨心所欲飄浮天際

俯瞰我熟悉的土地

歲月更替生生不息

貧窮不氣餒，迷失找皈依

喜樂齊分享，冷暖有相知
淡漠的心不再孤寂

縱然凡塵紛紛擾擾
世人為利而來為利而去
一元復始乃自然規律
天道循環無可抗拒
耶穌教導世人
忍耐、謙虛、憐憫、恩慈
惟有寬容、愛心、感激
是做人的至理

2015年12月28日

新年祝禱

片片雪花風中蕩漾

編織隆冬圖案

鵝毛翩然起舞

繾綣著情意綿延

朵朵梅花枝頭綻放

秀出妖嬈氣派

暗香氤氳馥郁

舒展報春的神采

感恩主賜喜樂平安

虔誠靜思默想

祈求如意吉祥

奢望編織美麗華章

素食錦年稍縱即逝

尋覓動人故事

萌發詩意靈感

願晚霞餘暉落日長

2016年元旦

冬雨晚晴

囚困無語隆冬
抹不開心事重重
冷雨澆濕土壤
空中帶著灰色憂傷
聖誕鐘聲敲響
耳際飄過鹿車鈴鐺
熙熙攘攘倒數狂歡
呵，又到年關

為何鬱鬱寡歡
是否經歷太多滄桑
飽嚐人間冷暖
縈繞未能遠去的哀傷
鄙夷世態炎涼
不再有夢想
浮雲朝露，芳華凋零
渴望去聞更多花香

與其躲入夢鄉
幻想恩賜的希望
不如走出去逐雨追風
晾曬晦暗迎接陽光
打開心靈之窗
奔向詩和遠方

人生尚未落幕

繼續下一個瑰麗篇章

2016年1月15日

褪色的照片

不忍看塵封的老舊照片
它們總令人沉默無言
昔日鄉下少年灰頭土臉
豈敢梳大包頭扮小阿飛
姑娘們剪短髮梳子辮
不懂騷首弄姿坦然素顏
憨厚純真無知無邪
面對鏡頭笑露虎牙
抓拍下美麗瞬間
抓不住時光流年
白駒過隙
回不到從前
那些倩影漸行漸遠
偶爾閃現腦海心田

2016年1月15日

偶感

安妮想在雪地
用柴薪燒火烹雪煮茶
領略一番清冽雅致
我這庸俗女人
只喜漏夜溫酒
自斟自酌

群主設下尾牙宴席
請打包送快遞
讓今晚來點醉意
聽，耳邊飄來銀笛
思鄉曲的旋律
撩起沉睡已久的心緒

誰來陪我三杯兩盞
化拳猜謎
消解長夜孤寂
襟上酒痕詩裡字
點點滴滴淒涼意
惆悵依舊無止息

2016年1月25日

像章之疑

姐兒來自北地
古稀年齡泛稚氣
胸前佩戴碩大象章
示範人前洋洋得意
難得團結大媽小姨
一二三四廣場占據
誰誰最紅某某最親
玩玩唱紅遊戲

很想問君一句
浩劫已過半個世紀
為何念念不能忘記
許是根正苗紅未受衝擊
許是鬥私批修不澈底
渴望時光倒流重來一役
許是爺爺陰魂不散
英靈沒能安息……

2016年1月27日

甘守寂寞

沉寂好似落魄

不妨看作享受

避開熙熙攘攘

高談闊論的場合

遠離觥籌交錯

幽居屬於自己的角落

靜思謝客

素蟫灰絲時蒙卷軸

落落大滿塵封多少年頭

藏匿幾許傳世之作

試與書中靈魂聊天

令思想不至淺薄

閉門造車

寫字畫畫揮毫研墨

吟詩填詞彈琴唱歌

返璞歸真

遠離喧囂心境平和

我有我的快樂

摒棄矯揉造作

人在歲月中成熟

大智若愚光明磊落

老酒越沉澱越醇厚
在寂寥中恪守
做善良人的準則

2016年1月31日

過年

小時候翹首期盼過年
身子竄高了
褲子吊腳，鞋子破爛
終於可以換一換
奶奶最重視小年
灶頭供奉麥芽糖
讓灶王爺嚐後封住嘴
上天庭匯報揀好話談

口裡摳出來的糧食
推磨蒸年糕
搗臼做湯丸
撐破肚皮方圓滿
年廿八，洗邋遢
從屋頂清掃到牆旮旯
貼春聯，剪窗花
水仙頭雕成蟹爪

取出肥豬撲滿
打破它換煙火炮仗
等待除夕夜點燃
迎接第一個時辰
凡塵如夢，彈指一揮間
生命接近終點

過年即是蹣跚朝前
回家的路已不遠

2016年2月5日

夕陽絮語

日出日落，大雁飛過

偶爾鏡前端坐

臉龐上紋路有如刀刻

禁不住問自個

生活究竟值不值得

兒時那般開懷

為故事裡的傻女婿捧腹

蝸居漏風屋子

鹹魚白菜稀粥

赤腳踩在滾燙的柏油路

青蔥歲月最有故事

花樣年華卻眉頭緊鎖

有意思的時候

沒意義地蹉跎

人在光陰裡打滾爬摸

不敢琢磨無法思索

也許因為看不透

看透了就沒法存活

青絲轉瞬成白首

即是幾十載的人生收穫

2016年2月27日

昨夜回故鄉

誰在前面帶路
但見柳絮隨風輕颺
望遠一片鵝絨地毯
色彩斑斕
油菜花傾情盛放
三角梅妖紫嫣紅分外妖嬈

尋覓那扇古老的窗
裏面住過一個少年
燃燒愛情投射熾熱目光
而今高樓林立在水一方
對岸西天邊上
紫雲擁朐著夕陽

星星搬家了
一夜霓虹燈閃亮
淚滴枕畔
為何驚擾楊柳岸
原來是那些圖片
帶我昨夜入夢鄉

2016年2月29日

家鄉蓮花寺

千年寺院虬髯古榕
老幹新葉郁郁蔥蔥
春日櫻花傾情綻放
浪漫雅淡，氣吐霓虹
東西塔兩相對望
桑開蓮花逾越人世滄桑

回顧法界當年模樣
再將新姿瞻仰
無助時殿前靜思默想
是否獲得慰藉和力量
轉身別過數十載
日曆撕去一萬四千張

人生路何其漫長
怎樣訴說離人的憂傷
佛光塔影激勵遊子
他們時時感受
故里吹來的風，聽見
桑蓮寺傳來的暮鼓晨鐘

2016年3月2日

放心石

朋友拍來一張石刻
心字上的點儼然墜落
寓意耐人琢磨
人總是活得累
日入而息日出而作
並非生活太刻薄
在於你
追求些什麼

有個傳說
但求養家餬口
搭個棲身棚窩
窮夫妻夜夜彈吹唱和
一心想建宏圖大業
為子孫儲金銀滿屋
老財主通宵達旦
算盤珠子上下串落

瞧放心石上之字
加上一點，提起千般煩
減去一點，放下萬事空
提起放下，任君選擇
當今世界物慾橫流
不去攀比無須揮霍

簡約的人生所需不多
簡單的心更豐盛快樂

#開元寺西塔東側有一塊據說是唐朝時發現的單字
石刻，有意思的是，「心」字上面的一點掉到下
邊去了，稱為「放心石」，寓意是：提起千般
煩，放下萬事空。

2016年2月5日

想唱給自己聽

淡淡的日子到了盡頭
花花世界已經來過
為何還要囉嗦
你和熱鬧總有隔膜
不遠不近不涼不熱
不荒疏也不冷漠

舞臺上的人做秀
你只用淡然的眼眸
做一個看客
人家唱念做打
你將身邊的生活濃縮
糅合進文字創作

你心裡有個理想國
信守而任之起起落落
你有一首歌
只與心中節拍唱和
天籟之音心懂得
因高山流水而喜樂

2016年4月24日

贈天涯聊室友人

燈光下瞇起

昏花老眼

瀏覽手機內七彩照片

遙想你曾經的容顏

時光定格在一峰書院

你我曾擁有過美麗瞬間

青蔥時代

青澀模樣

印記在那些黑白照片

寒窗苦讀孜孜不倦

莘莘學子刻苦勤勉

遠大抱負寄託梅石校園

日出日落，光陰似箭

驀然轉身半個世紀

抓不住的逝水流年

額頭上刻下刀痕萬千

海角閒聊天涯思念

祝福快樂每一天

2016年5月17日

秋思

一葉扁舟徜徉湖水
雙槳盪起微微漣漪
水聲輕輕唱和
感知大地物語
遊走柳蔭岸堤
敞開心胸深深呼吸
楓葉翩翩飛舞
不卑不亢飄落大地
東籬之下黃菊獨倚
幽幽綻放不言不語

潔淨的靈魂樸素美麗
歲月傷感漸行漸離
生命軌跡難以尋覓
留不住時間的印記
俯身拾一紅葉
夾入脅下書頁
讓濃濃的情愫
融入枯燥文字
行走時傾聽季節信息
孤坐時享受秋天雨滴

2016年8月13日

遊歐照

時晴時雨，耳邊蟬鳴依稀

扔掉雨具，感受初秋醉意

柳條隨風盪起

飄落絲絲水滴

大地交付過春的艷麗

激發熱情洋溢的夏季

秋天腳步如期而至

追尋淨土流浪千里

哥特式教堂高入天際

你是否因之仰望上帝

古羅馬鬥獸廢墟

予以生命何種啟迪

威尼斯的水

能不能將凡塵洗滌

阿姆斯特丹的玫瑰，會不會

喚起年少時的愛情追憶

鏡頭下斑斕印記

氤氳在老去歲月裡

一樹菩提，一縷禪意

慢慢回味

2016年8月19日

秋冬吟

從秋到冬轉瞬而過

時間很短

從生到死歷程很短

心路很長

曾幾何時

滿樹紅楓斑斕

風寂雲散

遍地落葉枯黃

季節有欣喜有悲傷

燃盡激情火焰

迎來隆冬嚴寒

且歌且飲

一半清醒一半醉

冬去春來

得失參半苦樂相攙

2017年10月30日

老樹絮語

金風習習，老樹呢喃細語
孩子們，都散了吧
草木一秋不以悲喜
妹妹早沉不住氣
輕扭腰肢隨風搖曳
旋即飛上藍天
俯瞰黃色大地
爾後徐徐降落潺潺小溪
一個少年滿臉稚氣
正在揮舞彩筆
見小小扁舟徜徉而來
挑起夾在畫冊裡

姐姐沉默，不屑同伴紛紛離去
仍與母樹緊緊相依
圓滿也好，缺憾也罷
無怨無悔，哪怕落地成泥
生命是場奇幻之旅
經歷紅塵一番遊戲
或找到溫柔皈依，或獻上愛的燔祭
追求幸福沒有對錯
擦身而過，豈知人為還是天意
命定誰屬於你

日月無聲，水逝無痕
惟有且行且珍惜

2017年10月31日

小窗外

悄悄踱到時光窗前
千思萬緒掛上滴雨簷
靜思默想
往事腦中浮現
原以為所有塵緣
如一道道風景隨風飄遠
不留痕跡
遺落在逝水流年

絲絲縷縷的想念
源自心中那一畝三分田
如何心如止水
種下的全是對你的眷戀
你有你的豐碩果園
我有我的思想源泉
本該各行其是
為什麼幽居在我心間

2017年11月3日

秋

老舍說，北平的秋天
沒有一樣不令你滿意
美在明媚大氣
溫涼舒適長空萬里
雨說下就下
時而細密時而涓滴
洗刷了盛夏煩躁
讓靜謐成為季節主題
厚重撲實
勝過春的小家碧玉

南方的秋無夏季熾熱焦急
小橋流水草蟲唧唧
日夜輪迴更替
些微紅楓成色彩終極
在接踵而來的澹泊冬季
靜靜地思考回憶
將讚美和寵辱
——隔離
落下濃妝洗盡鉛華
等待春回大地

2017年11月5日

樟腳村石厝

一幅問世畫作
引出樟腳古村落
年湮代遠巍然屹立
獨具一格
三尖六角的石頭
砌在牆上參差交錯
依偎青山綠水
五顏六色

灰白赭黃藏青紅褐
陽光下七彩斑駁
有如世外桃源
鮮艷光澤
藍天白雲為其襯托
繽紛小雨替她洗濯
如沐春風
自然純樸不做作

絡繹不絕觀光客
在石巷中邂逅
驚呼一聲
怎麼你也在這兒？
城市太多摩天大樓
討厭蜂巢般穴居生活

採菊東籬
來此休憩片刻

2017年11月25日

一縷芬芳

一縷暗香胸中徜徉

沉澱於生命的悲傷

偶爾觸碰斷腸

當時年紀輕，只道是尋常

空負遠大理想

構築起詩和遠方

啁啾鶯歌燕舞

如何抵擋雨雪風霜

世間澎湃紅色海洋

人性本多薄涼

抑制無力發聲的悲愴

臨別拒相送，飲杯遙盡觴

此一去山高水也長

各尋生路奔他鄉

時空將彼此隔絕

海角天涯不必相望

日月如梭，光陰荏苒

那幽幽芬芳

不時灼傷我心房

抹不去扯不脫，執著綻放

2017年12月8日

叔本華的啟迪

華叔說
世人有兩個大敵
痛苦無聊各占其一
彷彿鐘擺往復循環
從這裡盪向那裡
貧困使人痛苦
誰不想快快逃離
富足就在另一極
無聊之餘則思淫逸
滲入苦楚思索懷疑
慢慢又盪回原地

華叔曰
銜金含玉出世
抵不過心靈空虛
外富內貧徒勞無益
家財萬貫毀於一夕
追根究底
精神生活乃防禦武器
人生要麼平庸
要麼孤獨
內心豐富結廬高處
蒼鷹築巢在絕壁

2017年12月28日

鏡頭下的鳶尾花

遠遠枝頭，棲息著蝶兒

雙翼與綠葉搭配

柔美中帶一絲狂熱

愛麗絲

法蘭西國花金百合

莫奈賦予七彩顏色

象徵光明和自由

梵高為之留下最後傑作

席慕容在她面前靜默

舒婷希望她唱歌

鳶尾花

彩虹的化身，愛的使者

2018年4月4日

古巷裡被歲月吃掉的磚牆

夕陽照耀逼仄小巷
金光閃閃的破磚牆
你勾起我多少回憶
那一去不復返的時光
大榕樹滿臉鬍鬚，挺起胸膛
數十載依牆站崗
老鴉枝上築巢安居
鐵頭們爬上去掏蛋
夜幕下孩子光著腳板
踢罐子捉迷藏

爬山虎黃了綠，綠了又黃
我在牆上刻著記號
約妳月下徜徉
囁嚅地訴說
我們的抱負理想
走西口　西去不為取經
下南洋　南渡煙霧迷茫
情誼鐫刻心底，他日江湖兩望

一個深邃的秋黃
浪子揹起行囊
踏足久違的小巷
多麼熟悉多麼安詳

聞聞青苔芳香
與記憶相仿
撫摸坑坑窪窪
回味當年模樣

數度披紅掛綵的磚牆
送走北漂客
迎來新嫁娘
人們焦急等待拆遷補償
直奔現代化方向
唯有你
留戀過往的腳印
嘆息被歲月吞噬了的破磚牆

2018年5月12日

詩與歌的邂逅

無涯荒野裏
不期而遇的邂逅
你遇上我
卻找不到什麼話可說
唯有訕訕問一句
原來妳也在這兒

我是一朵浮雲
四海為家到處飄泊
游弋山水之間
追尋雲雀的影子
太多的跌宕起落
歇一歇，累了……

君為雲來妾若水
升騰化雲陪伴哥
生命有如匆匆過客
不早一步遲一刻
注定時間沒有對錯
詩與歌的巧合

雲本無心
自顧自向往萬里晴空
水自悠遊

不依不饒追到海天盡頭
雲遇上了水
天地萬物悠遊自得

2018年6月14日

3號強風下出發台北

老驥睥睨四方

漫無心機觀望

心潮湧動向往

旨在心胸開放

哪怕走馬觀花

好心情不受影響

藍天上白雲徜徉

忽發採擷奇想

碧波中巨輪帆影

願化魚兒遨遊大洋

要麼旅行

要麼讀書

身體和靈魂

當有一個在路上

2018年7月18日

宜蘭印象

幾度夢中尋覓

思念這片土地

鄉愁的解藥

是一串串盈耳細語

颱風來襲前清涼寫意

觀光傳統文化

瀏覽傳承工藝

拾回多少兒時記憶

夜市人車挨擠

古早味滿街飄逸

左手臭豆腐

右手香酥雞

來碗滷肉飯

沙冰芒果解暑氣

颯颯青天白日旗

共創太平不分藍綠

今夜且放縱自己

微醺而恣意

2018 年 7 月 22 日

出發俄羅斯——俄羅斯民歌串燒

這裡的黎明靜悄悄

起飛的時間到了

出發俄羅斯

遙遠的地方路漫漫

跨過茫茫大草原

飛越深深的海洋

莫斯科郊外的晚上

尋找喀秋莎故鄉

遠在小河的對岸

小路紅梅花兒開

山楂樹含苞欲放的花

白樺林單調的鐘聲

燈光下孤獨的手風琴

偶然的華爾茲旋律

吹起青色的頭巾

在貝加爾湖的草原上

漆黑的夜我們舉杯

幸福鳥萍水相逢

旅行之歌

莫斯科—北京

2018年8月4日

再見札格勒布

金秋宜人季節

迢迢萬里飛越

雲重樹百層

水曲岩千疊

多瑙河流光溢彩

天竺葵盛放滿街

近處仙蹤綠野

遠方帆影搖曳

紅藍白旌旗獵獵

棋盤格國徽奪目

克羅地亞惊艷了世界

酣眠一夜，揉揉眼看真切

呵，我又來了！

徜徉巴爾幹半島

生活不止苟且

還有憧憬在遠方

揹負行囊，將夢想揹上

天高雲淡

大雁成列成行

無牽無掛

追隨心的方向

飛翔，飛翔

巴爾幹半島向我呼喚

杜邦力、高塔爾、斯普利特

古城彌漫著濃濃中世紀風情

波黑、塞爾維亞、薩拉熱窩

彈痕累累千瘡百孔

南斯拉夫解體

與西方接軌

世界文化遺產歡迎遠來客旅

足下千里路

靈魂在天堂

我彷彿聽得見

自己的心在吟唱

2018年10月8日

耳機四重奏

昨夜東風吹，地上枯葉堆積

晨起隨心所欲，一腳高一腳低

渡頭灣渺茫靜寂

桃花源僅存一隅

塞上耳機，誰在訴說「往事」

沉重的大提琴音

旋律似在嘆息

哀怨而憂鬱

小提琴引發共鳴

「回憶」的顫音帶你跌入往昔

穿越百年月下沐浴

頓時眼簾潤濕，神傷不已

往昔看似過去卻鐫刻心底

一曲「沉思」長笛衝出無語

思緒翱翔天際

迅即戛然而止

聽啊，「無問西東」！

孩子們追著飛機

唱著福音曲

「奇異恩典」，苦難心靈的慰藉

#往事、回憶、沉思、奇異恩典皆為著名樂曲

2018年11月18日

（一）故鄉《老房子》

拙著附詩

故鄉是一枝青翠柳笛

笛聲隨著炊煙縷縷

迴盪在日落煙霞暮色裡

一首悠揚的思鄉曲

揉和著鄉音的親昵

吟唱於回家吃飯的不老旋律

故鄉是款款的濃情蜜意

夾雜著淳樸的泥土氣息

無法割捨骨肉相連唇齒相依

蝕骨的傷痛隱於心底

淡淡的哀愁斬不斷揮不去

你終於擁有一份靜謐

笑看紅塵紛擾，探討生命真諦

那些背影曾經多麼熟悉

轉身卻已無從尋覓

來去匆匆如浮雲飄散天際

惟有生命永無止息

（二）城市《迷失的橡樹》

歲月的縫隙於白駒僅一步之闊

不依不饒的是時間沙漏

它們一點一滴悄悄流經你的手
不敢去回望昔日溫馨村落
所有刻骨銘心的愛早已成歌
外面的世界多麼精彩灑脫
繁華都市被燈紅酒綠包裹
雖然高雅難免被喧囂攪和
車水馬龍窒息到無法思索
油鹽醬醋令人越來越淺薄
為換取五斗米什麼不能忍受
螻蟻尚且偷生人亦須存活
縱然在花團錦簇的他鄉異國
人生又有多少選擇
並非你天生懦弱
別問是誰的錯
惟有讓自己愛戀上那無盡的寂寞

（三）絮語《因為有愛》

殘陽悄悄跌落群山之巔
向大地灑下光華一片
歸帆點綴湛藍海面
沐浴落日在水天之間
秋冬時分，歲月積澱
腳步走過繁華思緒停在從前

煮一壺月光以電腦為琴鍵

譜一曲相思將過往懷緬

曾幾何時青春的笑容明媚耀眼

仿若昨天餘韻常留心田

白駒過隙往事如煙

是誰在撩撥沉睡的心弦

遠方山楂樹下少年

記否那些精美的信箋

字裡行間滿溢著情意綿綿

夕陽絮語月下花前

祝福你快樂每一天

（四）歲月滄桑《百年寂寞》

人世滄桑，生命的痕跡

猶如白紙上的鉛筆字

縱然擦得再乾淨亦徒然

那些悄無聲息的過往

沿途襲擊的風霜，點點滴滴

若靜水深流淌過靈魂

激起驚濤駭浪魂飛魄散

歲月如歌，擊節踏歌聲起聲落

在輕吟低唱中清淺了時光

美麗了流年，把苦辣酸甜遺忘

紅塵相守多少痛苦彷徨

江湖兩忘幾度淚花盈眶

煮一壺月光，醉了歡欣也醉了悲傷

擁百年寂寞，解開心結不留遺憾

走過蕭瑟，走過繁華，雲舒雲展

回眸一笑，無怨無悔，離合悲歡

（五）愛不得《亂世兒女》

光陰荏苒日復一日蹉跎

誰明瞭你心潮波瀾壯闊

仰望雲天穿越時空

飄零的世代誰來訴說

太平洋的風吹著你和我

孤兒的船帆徐徐降落

遙向故鄉作別揮手

安身立命不再飄泊

他徜徉彼岸妳高飛遠走

海角天涯何時逾越鴻溝

火紅的青春曾經擁有

何須去追問誰對誰錯

亂世兒女從容不迫

時代風浪中歲月如歌

祈願大愛治癒心靈傷口

讓夢中的深情依然執著

哪怕世間有種愛，叫愛不得

（六）天使之歌《鷺島故事》

微弱星辰從夜空中墜落

有誰在意他曾經的閃爍

恍恍惚惚逸出軀殼

悠悠蕩蕩向窄門走

腳下鷺江翻滾巨浪漩渦

水上帆影帶來雪州潮熱

遊子何等堅韌執作

怎能像螻蟻般苟活

踽踽獨行如一葉扁舟

越洋過海朝故園顛簸

渴望報效家國

豈畏赴湯蹈火

跌宕起伏盡顯勇敢灑脫

人生福禍難以揣測

理想終成時代因果

安息主懷不再負重飄泊

（七）吾心歸零《鷺島故事》

輾轉反側入夢田

穿越時空探本溯源

鷺江如緞波光瀲灩

潮汐漲退撥動琴弦

魂飄飄兮望故園

熊熊烽火滾滾狼煙

焦土焚燒未燼烈焰

中華兒女接踵比肩

青春熱血薦軒轅

俱往矣，年湮代遠

惟吾心有戚戚焉

九泉之下英雄長眠

浩然正氣永存人間

生者當繼承先賢遺願

將傳奇載歷史詩篇

從此歸零，不再繾綣

（八）結束篇《鷺江傳奇》

回眸最後一眼

洋洋萬語千言

反向白駒過隙

驟然躍入百年前

瀏覽字裡行間

煙霧彌漫鼓浪洞天

江濤撥弄鷺島琴弦

紅男綠女舉步維艱

先輩挺身犯險

血肉築長城繼踵比肩

勇抗倭寇行走利刃深淵

吾等亦曾相遇風口浪尖

時代巨輪將你我擱淺

尤似散落殘篇

燃燒在戴雲山巔

吐盡蠶絲飛蛾破繭

惟夜幕降臨餘輝有限

歸零讓結局上演

第二部　古詩詞

卜算子・詠蓮

碧水映虹橋，粉藕池中笑。彩蝶蜻蜓蕊上親，起舞花姿俏。

淡雅自清高，有賴塘泥繞。雨滴飄搖擊葉聲，韵律尤佳妙。

#注：原詞"何懼"二字改為"有賴"。農夫詩長曰：@安娜
從我個人的感覺，要是把"何懼塘泥繞"改一下就好了。我
歷來反對為詠蓮而貶塘泥。子不嫌母醜，沒有塘泥，蓮怎麼
能好好生長？#

清江引二闋

（一）

淨苑南池園藝圃，尋覓相思樹。
風揚柳絮飛，塘落蓮花雨。
惆悵晨昏隨蝶舞。

（二）

清明蒞臨家信裡，君問歸期愧。
聲聲布谷催，點點相思寄。
青穹長空千萬里。

調笑令二闋

（一）

春雨，春雨，陌上泥沙幾許。
簷前燕子回歸，院後竹青柳飛。
飛柳，飛柳，何故空中做秀？

（二）

春去，春去，轉瞬清明谷雨。
農人下地耕犁，牧子上山路迷。
迷路，迷路，追趕羊群日暮。

七律・詠蠟梅

仙姿本應住瑤台，何故凡間到處栽。
昨夜冰霜雕玉樹。今晨露水滴青苔。
寒風凜凜金鐘掛，細雨濛濛素蕊開。
雪地茫然蕭瑟景，暗香疏影自伊來。

一半兒・鳶尾花

春光明媚照庭花，玉蝶妖嬈伴落霞，夕死朝生窮盡奢。
嘆年華，一半兒純真一半兒傻。

眼兒媚・賞櫻

鄰舍妖嬈後庭花，知否是誰家。
蔽空遮日，雲蒸霞蔚，紅白奇葩。
爭妍鬥艷馨千里，綻放競芳華。
東隅已逝，桑榆非晚，樂在天涯。

七律・重逢感懷

白駒過隙轉塵輪，回首朦朧舊日身。
催谷子規魂繞夏，念橋紅藥蕊經春。
徜徉網路尋知己，逾越時空覓故人。
龍井觀音能解醉，三杯兩盞長精神。

七律・虛擬古鎮

高坡松柏綠青蔥，溪澗游魚入畫中。
橋下姑娘砧杵響，岸邊老婦繡針功。
晨曦陌上寒煙翠，晚夕山巔落日紅。
絲路馬幫難擺拍，熙來攘往扮歸鴻。

虞美人 · 重陽（迴文）

斜煙渺渺閒雲靜，日落霞光影。
黛山幽徑菊花黃，串一竹簪枯髮惹芳香。
寒蟬若噤蟾宮月，蕭穆殘鴉歇。
冷風涼水滌心泉，悄悄覓星沉寂夜酣眠。

迴文倒讀，還是《虞美人》

眠酣夜寂沉星覓，悄悄泉心滌。
水涼風冷歇鴉殘，穆蕭月宮蟾噤若蟬寒。
香芳惹髮枯簪竹，一串黃花菊。
徑幽山黛影光霞，落日靜雲閒渺渺煙斜。

行香子 · 詠《邂逅詩歌》

桃李無言，下自成蹊。翡翠鳥、何故初啼。
晨曦凝露，夕照餘暉。歷陰風起，寒風冷，朔風吹。
半生尋覓，神傷心累。晚桑榆、世易時移。
衰顏鶴髮，拙語音遲。恨喉聲沙，琴聲啞，笛聲低。

一叢花・香江春晚

闌珊燈火恨無眠，微雨擊窗沿。
冰涼冷意侵人骨，又何況、吟誦殘篇。
寒夜太長，孤衾不暖，惟有對樽前。
晨曦初露散霞煙，旭日出東邊。
戀床回味南柯夢，憶莊周、蝴蝶纏綿。
庸婦歲添，寡情少病，福壽即齊全。

七律・悼李醫生

吳剛奉旨遠恭迎，玉液瓊漿桂魄盈。
鄂楚風饕蝙蝠肉，江城雪虐果狸羹。
仁心大愛君冠冕，救死扶危汝發聲。
衝破陰霾吹哨者，留芳百世享英名。

沁園春・隔離

柔弱朝陽，世態炎涼，楚鄂淚盈。把流通截斷，築牆固守；舟
車喝止，杜絕行程。養晦城區，宅家韜略，洗盡鉛華忘俗情。
勤搓手，戴醫生口罩，膽顫心驚。

冬春交替難更，盼電閃雷霆宇宙清。責瘟神撒旦，求饒跪地；新冠病毒，匿跡銷聲。花卉齊開，嫣紅妊紫，柳絮因風綠草萌。舌尖上，覆山珍海味，鼎食鐘鳴。

西江月・折騰留住春

谷雨匆匆步履，清明淡淡餘煙。
宅家日子度如年，世故人情飽練。
暮色幽弦細訴，晨曦桃李爭妍。
荷鋤種竹粉牆邊，塵俗悠然不見。

七律・自耕農

滿院芬芳百卉紅，夭桃翠柳戲春風。
晨昏蝶舞清香拂，早晚花飛燭影融。
退避浮華車馬轍，臨淵沉寂釣魚翁。
閒來侍弄三分地，忘卻人間歲月匆。

虞美人二首

（一）

清明端午輕吟唱，靜好精神暢。
中秋轉瞬又重陽，一地雞毛滿目盡滄桑。

疾風勁草星寥落，雨夜人單薄。
白駒空谷總無情，兩盞三杯入夢到天晴。

（二）

紅楓散落蒼穹杳，寒夜晨星曉。
行山杖點石階聲，村婦成群結隊競輕盈。
東籬綠地皆依舊，惟有伊消瘦。
憑欄愁緒獨无言，倏忽青霜殘雪又經年。

水仙子二首

（一）鄉居

風中紅葉顫悠悠，瞬息飄零惹客愁。一秋草木花枝瘦。
溪間水自流，開樽醉裏尋幽。莊生逗，蝶半羞，曉夢憑樓。

（二）僑居

西天邊上佈彤雲，前院楓香撲面薰。藍紅決戰風雷陣。
低聲禱告神，陳年美酒開樽。花聞訊，競醉醺，跌落陪君。

人月圓‧感恩節

揚帆遠渡尋仙境，彼岸翠青蔥。
不辭勞碌，生根落地，歲稔年豐。

前庭桃李，後園瓜果，最愛紅楓。
火雞佳釀，杯中冰鏡，醉意清風。

浪淘沙令・哈利路亞

萬暗夜幽深，霜冷風侵。藍芽演繹小提琴。
昔日喧囂皆靜默，誰報佳音。
逆境勿消沉，既往追尋。光華照射聖嬰臨。
救主降生施大愛，沛雨甘霖。

七律・奇觀

紅楓落盡別殘秋，冬至來臨限足遊。
昨夜梨花開遍野，今朝霧凍掛枝頭。
少年抱負凌雲夢，老者寬懷壯志酬。
綠樹青山傾刻白，何如閣下兀風流。

五律・詠蠟梅

歲末寒流至，殘枝映夜空。
秋霜摧蓓蕾，冬雪壓芳叢。
蜂影輸花蜜，黃衫摒俗風。
徘徊河兩岸，彳亍白頭翁。

憶王孫・疫情四韻

（一）

晴空萬里獨無雲，野徑烏啼落葉紛。
廟宇香爐冥紙焚。
競氤氳，驅逐邪靈鎮宅門。

（二）

旌旗獵獵小操場，瓜果鮮花祭滿堂。
善信呢喃依佛旁。
頌經章，求告神明佑我鄉。

（三）

黃昏風冷過殘樓，寒月彎彎似釣鈎。
忽報封區頓發愁。
點人頭，漏夜幽深盼速收。

（四）

孤鴻野雁二三聲，數度瘟神襲港城。
養性居家心氣平。
夜將明，苦盡甘來新歲迎。

攤破浣溪沙二闋

（一）曼陀羅

仁壽巍峨夕照斜，桑蓮法界映光霞。
修竹婆娑紛起舞，迓歸鴉。
青澀山茶思鬥靚，艷情桃李懼塵沙。
冷雨寒霜偏耐凍，早芳華。

（二）徒名草

雙塔晨曦霧靄中，蓮花古剎曉朦朧。
裊裊佛香輕繚繞，化春風。
十日盛開隨逝水，一生璀璨剩殘紅。
薄命佳人天妒忌，色皆空。

庚子歲末隨想四韻

（一）菩薩蠻

太平山下湍流急，新冠病毒無情襲。送鼠接金牛，瘟神何日休。
桃符驅鬼魅，爆竹除邪祟。斗膽叩蒼天，眾生猶可憐。

（二）減字木蘭花

茫茫碧落，混沌凡塵誰作惡。驟雨殘霜，坐困圍城愁斷腸。
鼠歸牛至，祈禱天神施救治。戰勝瘟君，上帝慈悲降瑞雲。

（三）添字采桑子

宮燈高掛迎新歲，春意融融。春意融融。鬱鬱蔥蔥，門第映
東風。
櫻姑灑落傷心雨，淚眼朦朧。淚眼朦朧。花蕾絨絨，接棒應
山紅。

（四）蝶戀花

楊柳風輕郊外道，鴉雀嘰喳，綠樹青藤繞。
昨夜紫荊皆醉倒，胭脂敷面微羞惱。
旭日初升濃霧掃，登頂爭先，奪冠阿哥笑。
戲謔漸銷歡語悄，吾人殿後心知老。

絕句四首・城區

（一）

對鏡梳妝悲白髮，天涯海角少知音。
落櫻飛絮春將逝，荏苒光陰萬里心。

（二）

竹杖波鞋逐路尋，東升旭日耀千金。
羊腸小道人聲噤，遙看嫣紅一片心。

（三）

石屎森林獨自吟，難爭寸土插針深。
扎根夾縫猶開放，仰望藍天雨露侵。

（四）

轉瞬黃昏光漸杳，西天落日夜幽深。
新聞播放無他意，祈禱平安釋我心。

絕句二首・鄉居

（一）

誰家粉黛秀新姿，水袖雲裳艷壓枝。
一躍出牆驚四座，招蜂引蝶燕鶯嬉。

（二）

莊周繾綣被窩悲，夢境纏綿未釋疑。
比翼雙飛迷邂逅，自憐顧盼半生痴。

菩薩蠻三闋

（一）

鄉居三月庭園翠，千紅萬紫君心醉。
竹筍冒尖芽，籬笆爬玉瓜。
念南歸燕子，惦未開花蕊。
恤杜宇哀啼，喜山茶秀姿。

（二）

紅鵑璀璨風中舞，子規泣血催農戶。
阡陌接園田，爾何能等閒。
燕鶯巢築茸，蜂蝶來回急。
一日在於晨，秋收仰仗春。

（三）

東風吹皺河塘雨，龍珠嬉戲噴雲霧。
水動葉飄流，青蛙錦鯉遊。
南園春色曉，淨苑人蹤杳。
佛祖亦茫然，眾生皆可憐。

虞美人二闋

（一）

陽春三月衿羅暖，晨起梳粧晚。

杜鵑聲竭喚農人，節氣瞬間飛逝誤良辰。

牛耕土地千年例，機器來更替。

可憐時鳥斷肝腸，未曉凡塵正道是滄桑。

（二）

春華去到紅鵑薄，憔悴神情寞。

黃昏日落近清明，山後是誰飲泣訴心聲。

南柯一夢終須別，撒淚和君訣。

憑欄孤寂憶當年，兩鬢霜花殘雪復無言。

清平樂三闋

（一）

淒淒切切，莫過清明節。窗外風聲猶未歇，鄰里有人悲咽。

細雨打濕簾紗，心弦斷線天涯。荏苒流光虛度，白髮愧負韶華。

（二）

風輕霧渺，步履難停了。雨後彩虹穿樹杪，飛鳥藤蘿縈繞。
瘟疫高佛連年，綿延千里硝煙。偶感此情此景，眾生甘苦誰憐？

（三）

閒暇信步，彳亍鄉郊路。三角梅生岩隙處，炫耀青春長駐。
躑躅伸展腰肢，悠然秀出風姿，沿岸盤山開遍，紅日西去遲遲。

行香子二闋

（一）春遊郊外

越過山梁，林繞村莊，柳翻飛、拂面清涼。
菜苗瓜果，沐浴陽光。喜茶花紅，杏花白，菊花黃。
馬良神筆，難描仙境。轉風車、旗幟飄颺。
引泉竹管，流水徜徉。恰貓兒喵，狗兒吠，女兒忙。

（二）友情吟

你我神交，貴在相知，因真心、珍重如瓷。
時時品味，細細思之。或前生遇，今生錯，再生期。
白駒過隙，光陰荏苒，憶青春、回顧皆悲。
凡夫俗子，家累難辭。願日同享，月同照，境同馳。

喝火令二闋

（一）

夜寐衾裯暖，晨興步履輕，踏青扶杖向歌行。
來去尚還瀟洒，無伴亦無爭。
杜宇枝頭叫，山花陌上迎，落櫻因雨漸凋零。
小徑人稀，小徑草豐盈。小徑足音深淺，偶有鳥鳴聲。

（二）

綠蔭庭前展，紅櫻瓦上沿，蠟梅爭艷待春天。
修葺斷垣殘壁，盆景吊梁懸。
蓓蕾枝頭醉，山花月下眠，竹青描影已經年。
幾度微醺，幾度夜纏綿，幾度歲寒三友，聚會汝身邊。

點降唇二闋

（一）

綠水青山，陶翁遷陟桃源住。晨曦信步，撐艇東鄉渡。
野徑幽遊，悵惘春來處。雲無語，柳憑風舞，忘卻歸家路。

（二）

禁足城中，胡思亂想無頭緒。春來又去，偶爾花如雨。

眺遠憑欄，鬢髮愁千縷。雲水渡，夕陽孤鷺，何處余歸路。

江南春三闋

（一）

波渺渺，影依依。

池邊竿晃動，鈎上鯉魚肥。

漁翁心念高粱酒，欣喜婆姨人未歸。

（二）

星際渺，老林深。

樵夫敧竹枕，胡蝶繡花衾。

翩躚尋夢風流俠，聊慰離愁遊子心。

（三）

星杳杳，柳依依。

攀爬聞杜鳥，迎客木棉飛。

今晨翻過魚岩頂，明午光臨天水圍。

一剪梅 · 小哥倆

怒髮衝冠兩稚童，不做書蟲，羨慕從戎。
西遊記裡覓猴蹤，水滸爭功，楚漢稱雄。
薄照塗鴉畫筆工，鬚染重重，眉彩紅紅。
嬌顏試改將官容，壯志彤彤，乳臭絨絨。

太常引 · 油紙傘

一竿瘦骨托圓屏，細雨夕陽擎。
斑竹頂陰晴。允諾重、嶙峋棍輕。
徘徊小巷，留連彳亍，淌水笑聲盈。
難忘舊時情。歲月逝、相思伴行。

七律 · 池上

雨過天晴屆暮秋，山青水秀徑通幽。
觀魚俯瞰閒人簇，列隊開萍錦鯉游。
鳳冠玉鏴如艷婦，霞帔珠耀勝名流。
持竿下餌垂絲者，豈忍烹調蘸醬油。

蝶戀花・惠女

旭日東升雲霧掃，綠水藍天，螺殼灘塗繞。
一握纖腰銀練耀，竹籃斗笠遮憨笑。
白浪淘沙潮汐鬧，崇武嬌娘，輕把花巾罩。
赤足岩礁他樣俏，自成風景傳奇貌。

梅花引・春天紀事

梅開末，桃紅末，朦朧夢境猶酣睡。
望家園，盼團圓，倏然乍醒、春回又一年。
誰人識取杯中趣，醉臥他鄉安穩寓。
丟功名，忘功名，傾聽雀鳥、喧囂至月明。

喝火令・會友

硯席香江敍，同窗故里深。一杯佳釀暖冰心。
回望戴雲山脈，年月可追尋？
荏苒流光逝，匆圖歲暮臨。別來無恙尚能吟。
醉罷身輕，醉罷夜微沉。醉罷馭風穿越，貫耳鼓琴音。

七律‧詠銀杏

龍蟠鳳舞映藍天，彩蝶紛飛水稻田。
鴨掌懸空爭較勁，髯鬚糾結競纏綿。
洋樓聳立迎新歲，草屋猶存憶舊年。
一地金黃秋即去，明春再作賞花篇。

少年遊‧東瀛吟

青絲暮雪歲匆匆，幾度夕陽紅。
榮華富貴浮雲於我，來日又春風。
九洲鹿島遙招手，美食味無窮。
泡過溫泉喝杯清酒，盈月掛空中。

七律‧鹿兒島之春

數日盤桓海岸邊，寒冬亮麗勝秋天。
溫泉汨汨清塵汗，細雨飄飄洗俗篇。
指宿敲鐘辭舊歲，森林烤火賀新年。
金黃油菜花開早，我在南方造夢田。

七律・櫻花

嫣然美媚倚高枝，不讓桃紅鬥艷姿。
笑靨春風心怒放，雍容細雨背飄移。
黃蜂粉蝶終離棄，墨客文人瞎賦詩。
質本潔來還潔去，芳魂入夢最相宜。

一七令・園藝

花

嬌媚，奇葩

凝朝露，映煙霞

蜂嚶蝶舞，白鷺灰鴉

羽衣爭鬥艷，綢緞竟奢華

香粉撲飛亭閣，蘭薰拂過漁家

滿苑芬芳縈繞我，如癡似醉走天涯

一七令・筍

竹

背川，依谷

住深山，非草木

任尾搖曳，空中穆蕭

萌芽露嫩腮，抽節爭追逐

春雷响徹天地，農戶眉頭緊蹙

剝皮晾曬焙薰蒸，揮汗換來家富足

卜算子・詠荷

紅粉映蓮池，綠袂當空舞。旭日東升暑氣蒸，香汗揮如雨。
足下藕絲連，心裏千般苦。我欲乘風上九霄，又恐招人妒。

憶江南・詠蜻蜓

蹁躚舞，長翅任飛翔。司馬相如思竊玉，文君傾慕鳳求凰。唯
美配鴛鴦。
恩愛畢，稍息翠蓮旁。風盪漣漪微點水，草根沉卵寄池塘。誰
夠爾輕狂。

#蜻蜓交尾成唯美心形#

醉太平・詠魚兒

岩湖水青，漣漪素萍。清心寡慾聆聽，幾聲歸雁鳴。
魂牽夢縈，悠游酒醒。搖頭晃腦銀屏，這廝何矯情！

#旅遊歸來獲隊長贈游魚照，意余自由散漫也。#

七律二首

（一）即景

北國鵝毛雪片隆，南方綠葉尚瓏璁。
還童爺叔施拳腳，返老婆姨秀舞功。
普洱烏龍香馥郁，丹青畫筆意朦朧。
吟詩賦曲消閒樂，偶爾相邀酒一盅。

（二）夜景

天邊暮色漸蒼茫，璀璨燈光亮海傍。
漢子悠悠牽幼寵，姑娘默默畫長廊。
歸心似箭工薪族，舉步維艱老弱郎。
社會階層雖有別，繁榮共享樂擔當。

喝火令・逛海濱

綠樹沿途站，欄杆順路延。也無霾霧也無煙。
惟有一鐮高掛，升上碧雲天。
健步行中段，閒聊靠兩邊。大媽歌舞袖蹁躚。
眺望晴空，眺望月趨圓。眺望水長山遠，但願共嬋娟。

五律二首・詠友人德化行

（一）

幾許城中客，鄉間度假遊。陡坡銀杏舞，低谷竹林幽。
赤腳哥哥笑，高跟姐姐羞。寒梅開尚早，鴨掌最經秋。

（二）

初冬天變臉，驟雨客當留。竹杖蹣跚拄，山泉恣意流。
烤雞香噴噴，佳釀醉悠悠。晾曬成泡影，農家份外愁。

采桑子・孟冬十六之夜

高樓眺望天庭月，白璧雲遮。白璧雲遮，幸有霓虹照萬家。
玉蟾寂寞青燈冷，逐散昏鴉。逐散昏鴉，雨露無聲潤桂花。

定風波・詠紅梅

攝古猗園夕日斜，其姝怒放映光霞。
左右含苞嬌嫩狀，憨樣，芳心難抑一奇葩。
獨綺高枝方寸亂，偷看，凡間多少好人家。
姊妹呶呶喧妒意，狐媚，爭春搶閘賭年華。

七絕・梅花三弄

一弄梅花雨雪飄，鹽珠撒落望鄉橋。
豕歸犬走輪迴道，富貴浮雲轉瞬銷。

二弄梅花逐寂寥，倚風微步折纖腰。
暗香疏影甘清冷，晦迹韜光戒躁驕。

三弄梅花上九霄，輕飆樂韻半羞嬌。
撥開迷霧呈華彩，濁世蟾宮咫尺遙。

春光好・疍家人

溪水漲，小船輕，雨初晴。
夫婦相隨縱棹聲，落寒汀。
天上陰雲無定，扁舟駭浪不驚。
柴米油鹽茶醬醋，賴經營。

七律二首

（一）詠攝友

陽止飛臨蒙古國，遙迢千里入牛頭。
綠坪幻象天邊影，黃毯歸根地底收。
大漠茫茫沙似雪，高山莽莽月如鉤。
扎營氈帳寒風嘯，辛苦心甘蜜淌流。

#牛頭，指尼康高級攝影機#

（二）詠牧場

擺開千騎從戎陣，馳騁荒原競馬蹄。
裊裊奶茶迎遠客，呦呦群鹿跋沙泥。
寒流刺骨心猶暖，積雪侵膚目不迷。
純樸民風成絕唱，悠遊若夢鳥空啼。

七律・晨運偶題

登山未見此姝時，步履蹣跚腳力遲。
路上行雲流水過，林間躍鳥泳魚姿。
小花綻放多嬌嫩，老嫗凋殘少感知。
你我同歸於寂寞，頓明佛說妒嗔癡。

清平樂・雪

流年暗度，寂寞黃昏路。採菊東籬仙境渡。企盼春歸同住。
靜夜萬籟無聲，莊周夢魘魂驚。戶外飛花瀲漾，原來白蝶連城。

南歌子・詠伯勞鳥

火眼偏蒙罩，金睛若隱形。
白衫棕甲橘紅翎，燕尾士紳衣飾，人氣明星。
足下登枯槁，心中唸佛經。
目標飛入草叢停，倏忽瞬間衝刺，迅即歸零。

天淨沙・詠楓

日頭粉飾枝椏，夜風吹落飛花。
璀璨回歸素雅。
來年春夏，爾當依舊奇葩。

鷓鴣天・詠攝友

汝系逢場作戲郎，年高豈阻爾癡狂。
晨曦躂步拈花累，夜幕流連惹草忙。
情款款，意茫茫，心中倩影鏡頭藏。
雨多苔蝕懸琴壁，半日浮生醉夕陽。

「青山不老白頭新」轆轤體

青山不老白頭新，村落登天砥礪頻。
萬丈高樓平地起，繁花點綴草如茵。
獅子雄居護紫宸，青山不老白頭新。
蓬萊仙境何須覓，彩德慈雲緊比鄰。
練舞婆姨揮木刃，吟哦叔伯空拳陣。
青山不老白頭新，攜手同興和樂鎮。
嚴冬酷暑轉秋春，前路崎嶇寓港人。
共濟合衷無畏懼，青山不老白頭新。

喝火令・遊中大

雨歇鶯啼噪，風涼蝶繞花。舊年雍雅洗鉛華。
邀友共山房聚，愉悅品香茶。
昔日通幽徑，今朝映彩霞。艷陽高照落坡斜。
越過科園，越過綠窗紗，越過影光浮動，幻化出奇葩。

#「雍雅山房」乃香港昔日一茶座建築，位於馬料水中文大學
以南。1963年-2005年經營，後被發展成21座獨立別墅，名
「雍雅山」。#

踏莎行・詠殘荷

懷抱晨曦,夢縈日暮。多情總被無情誤。
蝶嘻蜂戲攝芳魂,羅衣不整心中苦。
禱告翻雲,祈求化雨。持齋把素幡然悟。
來年戒定慧勤修,貪嗔癡別春風度。

減字木蘭花・歡聚The Sky Bar

神交千里,網路奇緣相見喜。
跨代鴻溝,憑藉鄉音共泛舟。
香江側畔,晴雨無常天象亂。
盡管添杯,笑看風雲得幾回。

秋夜雨・驚夢

三更雨擊窗櫺鐵,莊生胡蝶撕裂。
百花王適志,寧做賊、欣然歡悅。
煙雲籠罩香江畔,禱告求、簫鼓衰竭。
酷暑炎夏別,寓理性、和平商決。

五律・和友人

莫問／林竹青

莫問愁多少，華年倏忽消。
雄心羞隕沒，故國恨迢遙。
傷事無平處，青雲若海潮。
無知閑老嫗，兀自拾薪樵。

和友人／安娜

君曰愁多少，霜華伴寂寥。
連年思母逝，卅載抑心潮。
燭淚幽幽滴，芯花隱隱燒。
無眠風雨夜，霹靂震雲霄。

七律・望月懷遠

一夜無眠輾轉床，回籠尋夢懶梳妝。
朦朧入口三花酒，隱約留唇九里香。
酩酊吳剛陪酌醉，迷離玉兔奉茶忙。
團圓佳節凡塵事，何與神仙話短長。

國家圖書館出版品預行編目

邂逅詩歌/李安娜著. -- 二版. -- 臺北市：獵海
人, 2021.05
　　面；　公分
　　ISBN 978-986-06560-1-5(平裝)

851.487　　　　　　　　　　110008630

邂逅詩歌

作　　者／李安娜
出版策劃／獵海人
製作銷售／秀威資訊科技股份有限公司
　　　　　114 台北市內湖區瑞光路76巷69號2樓
　　　　　電話：+886-2-2796-3638
　　　　　傳真：+886-2-2796-1377
網路訂購／秀威書店：https://store.showwe.tw
　　　　　博客來網路書店：https://www.books.com.tw
　　　　　三民網路書店：https://www.m.sanmin.com.tw
　　　　　讀冊生活：https://www.taaze.tw

出版日期／2021年5月　二版
定　　價／300元